皿の上のジャンボリー(下)

蜂須賀敬明

双葉文庫

皿の上のジャンボリー（下）

「食事が終わるまで待て」

——ピトゥン二世最期のことば

第二部

第一章　帰国

博多駅から大分駅へ向かう引き揚げ列車は、復員兵のほかに、朝鮮や大陸から帰還した農民や商人で満員だった。途中、何度も畑の真ん中で待ちぼうけを食らい、線路脇で用を足したり、近くの農家が干した柿を売りに来たり、優雅な鉄道の旅とは呼べなかったが、乗客たちは、故郷の懐かしい景色に視線を送っていた。

大分駅では、待ち受ける家族や婦人会の人々が手を振って歓迎していた。家族であろうとなかろうと、無事に故郷へ帰ってきた人々へ贈られるねぎらいの言葉は、長く続いた重苦しい戦争の雲を押しのけていった。

帰還者は散り散りになっていき、麓の農道を歩く頃には三人だけになっていた。小高い丘を登ったところに、石塀で囲まれた大きな家が現れる。他の農家より立派な屋敷は、戦火を免れていたが塀が激しく日焼けしていた。

門をくぐった先に、庭を掃除する婦人の姿があった。来客を受け、婦人の持ったほうきが地面に倒れていく。

「仁平！」

士官学校を卒業する頃に訪れて以来、母の顔は見ていない。髪が白くなり、しわだらけになった母を見て、ジンペーは身体の力が抜けそうになるのを堪える。母は、ボロボロの軍服を着たジンペーに寄り添い、手を強く握るとへたり込んだ。ジンペーの母に、赤子を抱えたウンジャが肩を寄せた。

家からドタドタという激しい音が聞こえてきた。

「仁平だとッ！」

白装束に身を包んだ家主が、戸を蹴っ飛ばして現れた。手には、鞘に収めた日本刀を持っている。泣く妻を引き剝がし、ジンペーの顔を見るや、思い切り顔面を殴りつけた。

「この卑怯者がッ！　よくもぬけぬけと、我が家の敷居をまたげたものだなッ！」

家主は馬乗りになって、大きな拳でジンペーの顔を変形させていく。

「およしください、旦那様！　仁平が死んでしまいます！」

家主は左手で息子をかばおうとする妻の頰を叩き、悲鳴が上がる。家の中から、ほかの婦人たちが集まってくるが、激高した家主を止められそうな者は誰もいない。

「脱走兵の汚名を、この佐野の家にぶちまけおって！　多くの戦友が、ふるさとを思いながら死んでいったというのに！」

立ち上がった家主は、胸元から短刀を取り出してジンペーに投げつけた。自らの日本刀を抜きながら、ジンペーに向かって叫ぶ。

「阿南《あなみ》大将も割腹を遂げられた。せめてもの情けとして、私が介錯をしてやる！」

ジンペーは静かに身体を起こし、短刀を手に取った。鞘から、鋭く研がれた刀身が姿を現す。鏡のように輝く刀に、ジンペーの顔が映る。額からは血が流れ、鼻の骨は折れ、唇が切れている。

誰もが息をのむ中、家の奥から声がした。

「お待ちください、父上」

現れた男は痩せぎすで、大陸から戻ってきたジンペーより顔色が悪かった。咳をしながら、わらのつっかけを履いて、よろよろと二人に近づいてくる。その様子を見て、婦人の一人が寄り添った。地面に膝をつき、ジンペーの握った短刀を下に向けさせて、痩せた男は家主に言った。

「最期に話をさせてはくださいませんか」

「そこをどけッ、冬臣《ふゆおみ》！」

冬臣と呼ばれた男は、日本刀を構える家主に言った。

「後生でございます、父上」

「貴様もたたっ切ってもよいのだぞ、冬臣ッ！」

冬臣は地面に頭をつけた。

「せめて、三途の川のどこで待ち合わせるかだけでも、決めさせてはいただけないでしょうか」

土下座する冬臣に倣って、ジンペーも頭を下げた。赤子を抱えたウンジャは、その様子を黙って見ていることしかできない。

家主が構えた日本刀は、庭の藪を切り裂き、鞘へ収められた。

「この、恥さらしどもめがッ！」

家へ戻っていく家主を、何人もの婦人が追いかけていく。玄関先には、四人だけが残された。身体を起こした冬臣は、土下座を続けるジンペーにそっと声をかける。

「面を上げなさい、仁平」

おびえながらジンペーは顔を上げた。病身の冬臣は、精一杯の笑顔を見せた。

「よく、帰ってきましたね」

涙が溢れそうになるが、ジンペーはぐっとこらえて頭を下げた。

「虎夫《とらお》兄はルソンで、一春《かずはる》兄は沖縄で戦死を遂げられたそうです。あなただけでも帰ってきてくれて、私はとてもうれしいですよ。ねえ、母上」

母は、地面に突っ伏しながら何度もうなずいていた。

「佐野家は、町を挙げて、何人もの若者たちを出征させました。父上は、多くの兵士たちを送り込んだことで、県から表彰すらされました。それが今、国は敗れ、若者たちを戦地へ送った私たちの行いが、本当に正しかったのかどうか、厳しい目が向けられています。この家は、父上と共に滅びることが、定めなのです。その後見人は、私だけで充分」

冬臣は、そっと後ろを見た。赤子を抱えたウンジャと視線が重なる。

「その子は、仁平とあなたの？」

冬臣の振る舞いに安心したウンジャは、近づいて子供の顔を見せる。

「いえ、この子は戦友から預かっていて」

冬臣は、眠る赤子の頬をなでた。赤子は、あれだけの騒ぎがあっても、くうくうと眠り続けている。

「あなたに抱かれてとても幸せそうだ。さあ、母上も顔を見てあげてください」

赤ん坊の寝顔は、佐野夫人の表情を和らげた。座り込んだまま、ジンペーは顔を上げた。

「佐野家に汚名を着せた愚かさは、重々承知しております。再び佐野の家の敷居をまたいだのは、生涯最後のお願いをするために他なりません」

末っ子のジンペーは、冬臣にとって唯一の弟であり、女たちと一緒に遊んで育った。気立てがよく、人懐っこいジンペーは厳格な父より、冬臣を慕い、わがまま一つ言わなかった。

父に殴られてもおびえていなかったジンペーが今、声を震わせて冬臣を見つめている。

「ここにいるウンジャと赤子を、仁平は恩師から託されました。たとえ、父様に佐野家の面汚しと罵倒されたとしても、生きて、この二人と共に、恩師の願いを叶えるために、恥を承知で帰って参りました」

再びジンペーは、額を地面につけた。

「どうかこの仁平に、職を紹介してはくださいませんでしょうか。どんな仕事でもかまいません。何卒、この仁平に手を貸してください」

そう言って、ジンペーは動かなくなった。冬臣はジンペーの頭に触れて、顔を上げさせた。ジンペーは唇をかんで、冬臣の目を見る。

戦争を、いい思い出として振り返ることはできないが、極地で弟は大切なものを持ち帰ってきた。やさしい弟のまま、強くなって戻ってきたことが、冬臣の弱った身体を慰めた。

冬臣は、弟に柔らかい笑みを見せる。

「少し待っていなさい」

母を連れて、冬臣は家に戻っていった。その場に、ジンペーと赤子を抱いたウンジャだけが取り残される。二人の思いなどまるで気にせず、長い眠りから覚めた赤子は、小さくあくびをした。

「これをお持ちなさい」

冬臣は手紙が入った一通の封筒を持ってきた。筆で、丁寧に宛名が書かれている。

「祭子《まつりこ》姉様が、東京で自動車工場を営んでいる家へ嫁ぎました。東京の空襲はひどく、今も家業が続けられているかはわかりませんが、倉庫の一角くらいは間借りさせてくださるかもしれません。私からも、旨を伝えておきます。詳しくは、その手紙を読みなさい」

手紙を受け取ると、ジンペーは再び頭を下げ、今度はウンジャもそれに倣った。

「ありがとうございます。このご恩、時間はかかるかもしれませんが、必ずお返しいたします」

「家族からの恩は、新たな家族に分け与えなさい」

立ち上がり、ジンペーは深々とお辞儀をして、その場を去ろうとした。冬臣の後ろから、佐野夫人がこっそりと姿を現す。

「お待ちなさい。せめて傷の手当てだけでも」

ジンペーは薬箱を開けようとする母の手に、そっと触れた。

「お顔が見られて、お懐かしゅうございました。どうかお達者で」

本当にこの大分の地で少年時代を過ごしたのか曖昧になるくらい、記憶は薄れていたはずなのに、四方から聞こえる蝉の鳴き声、湿り気を帯びた土のにおいのする風、井戸の横にある古びた洗濯桶、そのにおいや響き、光はすべてジンペーの身体に深く刻まれていた。

冬臣は、母の手を取って、ジンペーを見る。

「さあ、早く行きなさい」

小さく礼をして、ジンペーはその場を後にした。先を歩くジンペーに追いついて、ウンジャは声をかけた。

「アンタに言い寄ってきた男や女たちが、今のアンタを見たら夢から覚めるでしょうね。鼻、あとでどこかの医者に診てもらわないと、一生曲がったままよ」

今になって、ジンペーの傷は痛み出していた。老境の域に達しているとは思えないくらい、父の拳は力が込められていた。

ジンペーは、血が止まった眉の切り傷に触れる。それを見て、ウンジャがハンカチを渡した。

「何もできなくて、ごめんなさい」

謝ろうとするウンジャを遮るように、ジンペーは小走りで前に出た。

「行くあてが見つかってよかったっすよ、ほんと！」

気丈に振る舞うジンペーの手を、ウンジャはそっと握った。ジンペーの手は、まだ震えが残っている。ウンジャはすうと息を吸った。

「東京に着いたら、真っ先にやることがあるわ」

腫れた頬に触れながら、ジンペーは返事をする。

「なんすか？」

ウンジャは足を止めた。

「アンタと結婚するのよ」

「はぁ？」

開かなくなっていた目が開くほど、ジンペーは驚いた。

「な、何言ってるんすか！　本官の身も心も、グンゾーさんに売約済みなんすから！」

「あいつが買い取ったって話、聞いたことないんだけど」

ウンジャの拳がジンペーの肩を殴る。

「この子のためよ。アタシたちが究極の餃子を作る同志だ、なんて言ったって世間様は理解してくれないでしょう？　現実で生きていくためには、多少世の中に譲歩してやることも必要でしょ」

ジンペーは目に涙を浮かべている。

「本官はグンゾーさんに純潔を誓った身。戸籍にグンゾーさん以外の名前を入れるなんて……」

「アタシだって、こんな形の結婚なんて考えていなかったわよ。形はどうあれ、この子を育てるためには、夫婦でないと都合が悪い。煩雑な事務手続きの不備で、子育てや、究極の餃子探しに支障が出たら不愉快でしょう？　安心しなさい、アタシはアンタに手を出さないし、事情を知ったグンゾーがアンタに失望することもないから」

「ほんとっすか？」

「グンゾーを信じてやりなさいよ」

ジンペーは首を振った。

「そうじゃないっす。ウンジャはいいんすか？　ウンジャにだって、いつか素敵な人が現れるかもしれないんす。本官がいたら、その邪魔になってしまうのでは」

赤子の頬を指で押して、ウンジャは笑った。

「そのときは、そのときよ。これまでいい男たちをいっぱい見てきたからね。アタシが納得するような男は、簡単には現れないわ」

ウンジャが歯を見せて笑うと、今度はジンペーがウンジャの手をつかんだ。

「改めて、これからもよろしくっす」

「こちらこそ。旦那様」

小倉行きの列車で、ウンジャは深い眠りにつくジンペーを見た。列車の隙間から強い西日が差し込んできて、ジンペーの目を襲う。それを遮るように、ウンジャは扉に寄りかかり、しばらくの間ジンペーの顔を見ていた。

第二章　東京

蒲田駅前には、無数のバラック小屋が立ち並んでいた。駅前のヤミ市は人でごった返していて、あたりには煙が立ちこめている。手書きの看板には薬や酒の文字が並び、人々は目をこらして掘り出し物を探していた。

歩いて三十分ほどの工場にたどり着いたとき、ジンペーとウンジャは仲よく土下座をしていた。

「嫌ね、私も幽霊が見えるようになってしまったのかしら」

土下座する二人の前で、腕を組んだ女性は、蛇を思わせる鋭い視線を向けていた。

「私のかわいいかわいい仁平は、軍務を投げ出して、大陸で脱走兵になったと聞いていたのに、まさか嫁ぎ先で再会するだなんて」

口調の穏やかさが、ウンジャの手に汗をにじませた。

「返す言葉もございません。祭子姉様」

ジンペーは地面に向かって叫んだ。

「冬臣も困ったものだわ。いくら仁平に甘かったとは言え、亡霊を私に押しつけようだなんて。お祓いでもしてもらおうかしら」

祭子は、ウンジャの抱えている赤子に気付き、そっと抱き上げる。

「蒲田のあたりは、軍需工場が多くて、空襲の標的になったのです。ほら、見てご覧なさい、うちもあそこに玄関があったの」

そう言って祭子は、がれきが残る空き地を指さした。

「お義父さんは空襲で死んでしまったし、夫は背中をやけどして仕事ができなくなってしまったわ。子供も三人いたのよ。一番下の子は、ちょうどこの子くらいの歳だったわ」

ミンの赤子は、祭子の眼光にひるむことなく、にこにこと笑っている。祭子は、赤子の喉元にそっと手を近づけた。

「このあたりは夜になると、がれきの山から誰かが壊れたものを盗み出して、朝にはヤミ市で信じられないような値段で売っているの。それをみんな奪うように買っていくのだから、みんなたくましいわ」

祭子がウンジャやジンペーに話しかけているのかは、誰にも分からない。ウンジャは口を閉じて時間が過ぎるのを待つしかなかった。

「この仁平、ただ禄を食《は》むだけにやってきたわけではありません。身を立てた暁には恩を返し、自分たちの住む場所も探します。それまでの間、なんでもかまわないので、仕事を紹介してください」

ミンの赤子は、祭子の胸元をまさぐり始めた。祭子は、着物の隙間から乳を出すと、ミンの赤子はちゅうちゅうと吸い始める。

「この子は何という名前なのかしら？」

ジンペーもウンジャも、はっとした。坊ちゃんとか赤ちゃんと呼んではいたものの、名前を考えていなかったからだ。この赤子には、名前が必要だった。

頭を下げながら、ウンジャはジンペーを横目に見る。眉間にしわを寄せていたジンペーは顔を上げて、祭子を見た。

「その子は、タミオっす」

とっさに出てきた名前を、祭子はすんなりと受け入れた。タミオちゃん、タミオちゃんと呼びながら家の中に入ってしまい、二人はようやく肩の力を抜いた。家の二階では、うつ伏せになったまま祭子の夫、勝《まさる》が布団で眠っていた。

「やあ、弟君。よく来てくれたね。遠慮することはないよ。今日から、ここが君の家だ。大陸では大変な苦労をなさったそうだね。いてて」

勝の背中は赤くただれていて、部屋中に消毒液のにおいが充満している。話をしていると気が紛れるらしく、勝は水差しで喉を潤してから、笑顔を作った。

「子供たちを助けに行こうと闇雲に突っ込んだら、焼けた屋根が落ちてきてこのざまさ。ほんとは俺が家や工場をなんとかしなくちゃいけないのに、お手上げでね。弟君たちが来てくれて助かったくらいだよ」

ドタドタと階段を上ってくる足音が聞こえてきた。現れたのは頭巾を巻いた勝の母、フエで、手には桶と布きれがあった。勝の横にすっと座り、消毒瓶の蓋を開けて、乱暴に息子の背中にぶちまけた。勝は苦悶の表情を浮かべ、獣のような声を上げる。それを無視してフエは勝をにらんだ。

「ろくすっぽ食いもんがないってのに、居候を連れてくるやつがどこにいるんだい！　うちは旅館じゃないんだよ！」

フエはジンペーたちにも聞こえるように、深々とため息をつく。

「お父さんも、かわいい孫たちもみんな死んじまって他人様を養う余裕がどこにあるって言うんだい。東京の食糧庫は床をなめたって塩味一つしやしないよ」

フエは鋭い視線をジンペーとウンジャに向ける。

「この家でのんびり飯が食えると思ったら大間違いだよ。東京は、今、家のない子供や、怪我を負った帰還兵たちが、痩せた犬を食おうと躍起になって追いかけ回している。ここにきた以上、この家のしきたりに従ってもらうからね。それが嫌なら、野っ原にござでも敷いて眠るこった」

ぴしゃりと言い放ち、フエは階段を下りていった。

「すまないねぇ、弟君。母さんも母さんで、気が立っているんだ」

フエがはじめにジンペーにたたき込んだのは、自動車の整備だった。オート三輪がどのようなメカニズムで動いているのか図面を開き、故障が起きた際に必要な部品や、運転のこつに至るまで、徹底的に教え込まれた。元々士官学校で工兵の訓練を受けていたジンペーからすると、民間の自動車技術を学ぶのは興味深く、理解も早かった。フエもジンペーの忠実さを気に入り、一番弟子として、須藤《すどう》金属工場の再建を任された。

「本官は何をすればいいんすか？」

自動車について詳しくなったものの、食べものに困っている世の中で、車が売れるはずもない。恐る恐る尋ねたジンペーの肩を、フエは強く握った。

「あんたがやるのは運び屋だよ」

自転車はおろか、荷車ですら地区で共有していた時代に、供出を免れたオート三輪が残されているのは須藤金属にとって大きな利点だった。地面に埋めて隠していたパーツを掘り起こし、ジンペーはオート三輪を組み立てて町へ出た。

裕福だろうと貧しかろうと、物流が絶えることはない。フエは軍の関係者や寺から、遺体やゴミ運びの仕事を取り付けてきた。乱暴に書いた地図をジンペーに手渡し、火葬場や焼却場へ向かわせる。その途中で、ヤミ米やヤミ野菜の輸送も兼業し、顧客を増やしていく。

戦後、輸送が活発になると見込んだフエの事業は当たり、ジンペーは須藤金属工場に金だけでなく、食糧も持ち帰るようになったが、燃料費が悩みの種だった。運送を続けるうちに進駐軍とも取引が生まれ、燃料を分けてもらえるようになっても、その額は法外なものだった。運送の売り上げはほとんど燃料費で相殺される有様だっただけに、都合よくものを運ぶだけの立場からの脱却が課題だった。

「あたしらから巻き上げた金で、酒を飲み散らかして、パンパンと遊んでるってんだから、この仕事も長くはないね」

帳簿をまとめながら、ジンペーはなだめる。

「進駐軍にもいろんな人がいるっすよ。危なそうな人には近づかず、手を差し伸べようとしてくれる人に助けられながら、なんとかやっていくしかないっす」

フエはぴしゃりと帳簿を指さした。

「あいつらがいつ手のひらを返すかわかったもんじゃない。儲かると思う前から、次の一手を考えてなきゃ、こんな時代を生き残れやしないよ」

運送業が一時的な仕事であるのは確かだった。オート三輪は一台しかなく、ヤミの商品を運んでいることがお上に見つかったら、食う手立ては絶たれる。ものを運びながら、ジンペーは町で新たな商売の機会を探った。

ジンペーをフエに盗られたウンジャは、急遽タミオと名付けられたミンの赤子も祭子に盗られてしまっていた。母乳が出るようになってから、祭子はタミオを終始あやしており、ウンジャは蚊帳の外に置かれてしまった。

「あの赤ん坊、どこかグンゾーっぽさがあるのよね」

すいとんを食べながら、ウンジャはジンペーにぽろっとこぼした。

「本官も、目の形とか、口元がグンゾーさんそっくりでにやけちゃうんすよ。鼻はミン譲りですらっと伸びていて、坊ちゃんはきっといい男に育つっすよお」

うきうきと語るジンペーを尻目に、ウンジャは呆れたように首を横に振った。

「図太さもそっくり。アタシたちが、ここまで運んでくるのが当然みたいな顔、してるのよね」

タミオは、一気に子を失った須藤金属に光をもたらした。祭子はタミオが近くにいる分にはいい乳母であり、ウンジャがタミオにしてあげられることは、ほとんど祭子がやってしまっていた。

「あんただけだよ、家でぼけっとしてるのは」

フエの厳しい言葉に、ウンジャも反論するつもりはなかった。自分も、何かやることを探さなければならない。タミオを祭子が預かってくれたおかげで、ウンジャは長らく実行できずにいた野望に着手し始めた。

日本に着いてから、グンゾーから託された手帳をなくしていることに気付き、ウンジャは海に飛び込んで朝鮮半島へ戻ろうとした。ウンジャを再起させたのは、須藤金属工場の慌ただしさだった。

手帳がなければ、餃子を作れないのだろうか。目を閉じれば、ウンジャの頭には大陸での記憶が蘇る。ハルモニの村でも、八路軍のアジトでも、バダルフのゲルでも、団長の開拓村でも、餃子を作り続けてきた。

火力が弱い、新鮮な水がない、食材の鮮度が悪い、調理器具がそろっていない。そんな環境を何度もくぐり抜けてきた。戦争が終わった今、たとえ焼け野原だったとしても東京には自由がある。周りを見渡す余裕が、ウンジャに餃子づくりを再開させた。

劣悪な食材で餃子を作る際に、最大の障害となるのがにおいだった。質の悪い小麦粉に、出所のわからない肉で作った餃子は、不快なにおいと脂が食欲を奪っていく。解消案として思い浮かんだのが、ニンニクやショウガが強烈な開拓村でのグンゾーの餃子だった。

幸いにも、ニンニクやショウガは庭で育てることができたし、キムチ作りでウンジャはニンニクの扱いに長けていた。問題があるとすれば、強烈なニンニクの香りに日本人がまだ慣れていないことだった。

タネを練っていると、フエが近づいてきた。

「胃がめまいを起こしそうだよ」

フエは鼻をつまんでいた。

「これは餃子って言うの。よく練った具を、この皮で包んで焼くと、とてもいいにおいがするのよ」

フエは机に整列している生の餃子を一つ取って、しげしげと眺めた。

「ここは日本なんだ。大陸のくさい食いものを作って、ご近所に気味悪がられるのは嫌だよ、あたしは」

皮を伸ばすときも、タネを練るときも集中すると雑念が吹き飛んでいく。ウンジャにとって、今必要なのは手を動かすことだった。

鉄鍋に油をひいて、軽く煙が出てきたところに、生の餃子を手早く並べていく。ぱちぱちと油がはねながら、皮に焦げ目がついていく。香ばしいにおいが立ち上り、お湯を流し込んで蓋をした。

焼き上がっていく餃子の香りが、厨房から外へ漏れていく。嗅ぎ慣れないにおいに、近所の主婦がこっそりと厨房をのぞき込んできた。腹を空かせた子供たちは遠慮がなく、勝手口の扉を少しだけ開けて、ウンジャを見ていた。香りと熱が、下町の人々の空腹を刺激して、人だかりになっていた。

「散った散った！　見せもんじゃないんだ！」

騒ぎを聞きつけて、フエが人払いをした。

「あんた、変なもの作るんじゃないよ……って、いいにおいだね」

ちょうど焼き上がりの頃合いで、ウンジャは鉄鍋をひっくり返して餃子を皿に盛り付けた。きつね色に焦げ目のついた餃子が、湯気を立てて輝いている。

「大陸で覚えたの。夕飯にどうかと思って。食べてみて」

醤油を入れた小皿と箸を渡した。フエは箸で餃子をつまみ上げ、裏返して子細に眺めている。

「さっきの臭さはどこへいっちまったんだろうね。きちんと火は通っているのかい？」

ブツブツ言いながら、フエは歯の抜けた口から餃子に息を吹きかけ、入念に冷ました。ゆっくりと一口かみしめ、咀嚼を繰り返す。

日本にやってきて、初めて作った餃子だった。具材の粗末さや、調理器具の不揃いで、これまでに作ってきたものより格が数段落ちるが、日本に渡っても餃子はきちんと形にはなっていた。

「もう夕飯かい？」

においにつられて、勝も二階から下りてきた。皿にのせられた餃子を見て、声を上げる。

「これは、ウンジャが作ってくれたのかい？」

勝も餃子を口にして、口からハフハフと熱い息を吐き出していた。

「どう？ お口に合うかしら」

初めて食べるであろう餃子が受け入れられるかどうか。ウンジャはごくりとつばを飲み込む。

「まあ、タミオちゃん、どうしたの。暴れないでちょうだい。さっきまで、あんなにすやすや眠っていたのに」

祭子の腕の中で、タミオは腕と足をバタバタさせていた。いつの間にか厨房には、つまみ食いをしにきた人々が詰めかけていた。

ごっくんと餃子を飲み込んだフエは、顔をさらにしわだらけにして笑みを浮かべた。

「あんた、お手柄だよ」

この家にやってきて、はじめてウンジャがフエに褒められた瞬間だった。

第三章　立身出世

薄暗い日比谷の裏道を、少年はネズミのように走り抜けていた。父は戦死し、母は妹を抱いたまま空襲で焼け死んだ。遺体は見つからなかったが、自分が天涯孤独の身になったことだけは、九歳の少年でも分かっていた。

焼け野原の東京は、飢えた子供で満ちていた。行き場のない子供たちは、上野を目指した。物乞いに身をやつす者、心優しい大人に拾われていく者、幼くして身売りする者、盗みを働く者、薬に溺れる者。親から食事をもらうことだけが生きる術だった子供は、一ヶ月と経たずに死んでいった。

少年は、走った。炊き出しがあれば、街から街へ転々とし、がれきの下から宝石を掘り起こし、進駐軍の基地に侵入して缶詰やたばこを盗んだ。

進駐軍に見つかって仲間が射殺されることもあれば、分け前を与えられずに雇用主が姿を消すこともしばしばだった。狐の化かし合いのような東京の暗闇を走っていた少年は、進駐軍の兵士からダッシュと呼ばれるようになっていた。

「よう、ダッシュ。大漁じゃねえか」

無賃乗車した山手線に乗っていると、破れた軍服を着た子供に声をかけられた。ダッシュより二歳年上のイソは、電車でのスリを生業としていた。

「最近、ノガミに顔を出さねえじゃねえか。いいヒロポンが見つかって、今度、お前にも手伝ってほしいと思ってたんだ。今日はどちらへご出勤だい？」

港町から流れてきたスリの少年は、磯臭かったことからイソと呼ばれていた。出身は関西だったが、東京の孤児たちになめられないように、わざとらしい江戸っ子風の話し方をした。

日陰者たちは、よく言葉を反対にしたがる。上野はノガミ、粗末な宿はドヤといった風に、裏返した言葉を使うことで、自分たちの方が世間を知っているとでもいうような笑みをイソは浮かべていた。

「日比谷。もう帰る」

イソは膨らんだダッシュの服を見つめた。

「へえ、今は進駐軍と取引してるのか。おれぁ、やつらの体臭がどうにも苦手でね。頭に何塗ってんだか知らないが、鼻が曲がっちまいそうにならぁ」

「英語を習ってる」

列車が品川で止まり、二人を避けるように大人たちが降りていった。

「ふうん。仲間の何人かが大人に連れられて、メシ屋の下働きや、荷物運びの仕事なんかをさせられるが、すぐにたまり場に戻ってくる。おまえだって同じさ。おれらがまともになれるなんて、思わないことだぜ」

イソは、閉まりかけたドアを蹴っ飛ばして、ホームに降り立った。孤児が集まってい当初上野で寝泊まりをしていたが、競争も激しかった。食いものと寝床にありつきたいだけなのに、大人も交えた抗争に身を置いて、余計な対立に巻き込まれるのが嫌だったダッシュは拠点を上野から新宿へ移していた。

新宿駅で降りたダッシュは、しょんべん横丁に入り、路地の奥へと入っていく。昼間から横丁では、酔っ払ったMPや商人がでかい声で笑っていた。

路地裏の油染みがこびりついた扉を開けると、急階段が現れた。脇には『ミロク亭事務所』と書かれた札が見える。子供のダッシュでも身をよじらないと上れない狭い階段だった。

二階の薄いドアを開けた先に、壁にぎっしりと缶詰や食糧が詰め込まれた部屋が現れた。みすぼらしい出入り口とは裏腹に、食糧庫はきちんと整理されていて、今も小太りの男がしおれた野菜を木箱に入れているところだった。

「ああ、ダッシュ、おかえり」

ふうふうと息を吐きながら、小太りの男はダッシュに声をかけ、木箱を持ち上げた。

「重いなぁ。狭いなぁ。ちょいとごめんよぉ」

小太りの男は木箱をダッシュの頭の上に持ち上げて、前を横切り、階段の下に向かっていった。部屋に唯一取り付けられていた小さな窓からは、青梅街道が見える。ぼろきれを着た人たちが、みな早足で歩いていた。

部屋の奥にいた男が窓にひさしをかけたことで、薄暗くなった。椅子に座り、金を数えていた男に、ダッシュは近づいて、缶詰を渡した。

「きちんと金は渡したか?」

男は進駐軍との取引に用いる金を、そのままダッシュに渡していた。この金を持って高飛びしてしまえば、それなりに食いつなぐことはできるが、ダッシュはきちんと言われたとおりの食材を持ち帰ってきた。

「はい」

「缶詰四個にしては、少し値が張ると思ったか?」

「はい」

ダッシュは素直に答えた。

「他人を出し抜くのに一番大事なのは何かわかるか?」

男は、ダッシュが子供だからといって報酬をガメることもなかったし、親のように振る舞おうともしなかった。仕事に必要なことを、きちんと教えてくれる男を信頼し、ダッシュは、今までの汚れ仕事とは違って、この仕事が長く続いていた。

「わかりません」

「信頼だ。裏切ろうにも、向こうから信用されていなければ、盗むものも盗めない。金で買える信用は買っておけ。その代わり、最後はこちらがおいしい思いをする算段を立てておくことだ」

階下から香ばしいにおいが上がってきた。通りに面した一階は、狭い飲食店になっていた。立ち食いしかできないにもかかわらず、客がひっきりなしに出たり入ったりを繰り返している。

「あのバカ。下の窓、また閉めてやがるな」

そう言って男は、再び窓を開けた。差し込んできた光が、男の顔を映し出す。ダッシュは、なるべく男に質問をしないようにしていた。余計なことを言って、機嫌を損ねたくなかったのだが、この部屋にやってくるたびに漂ってくる香ばしいにおいの正体は気になった。

「六浦さん」

ダッシュが唯一知っている、男の名前を口にした。

「下で、何作ってるんですか?」

「気になるか?」

そう言って六浦は、カーキ色のジャケットから一冊の手帳を取り出した。角がすれてボロボロになっている。背は手垢にまみれて、変色していた。

「これは、焼餃子のにおいだ。支那や満州では、日常的に食われている。この手帳には、様々な餃子の作り方が記されていてな」

六浦は両手で手帳を開き、中を見た。

「焼餃子。究極にして、人類を救済に導く天からの恵み。用意するもの。小麦粉、白菜(キャベツでも可)、豚肉(羊肉だとモンゴル風に)、塩、こしょう、ネギ……。俺は、この手帳をある人物から託されたんだ。餃子を、世の中に広めるためにな」

手帳を閉じ、六浦は大事そうに胸ポケットにしまった。

「支那の食いものは油がきつい。日本人は、野菜や魚を中心に食事を取ってきたから、この肉の汁がたっぷり詰まった食いものが受け入れられるのか、心配をしていたんだ。その結果は、下を見てみろ」

窓からはちょうど、一階の店の出入り口が見えた。客がひっきりなしに、出入りしている。六浦はダッシュの頭をつかんで、窓に顔を近づけさせた。

「今は、誰もが飢えている。熱くて、味がして、腹が膨れれば、満足そうに帰って行く。門構えはみすぼらしいが、売り上げはここいらの飲み屋とは比べものにならない」

六浦の鼻息が荒くなる。そんな六浦を、ダッシュは見たことがなかった。

「まだ多くの日本人が、餃子の魔力に気付いていない。これは、好機だ」

六浦はダッシュの頭から手を離した。

「お前は、こんな生活から抜け出したいとは思わないか？」

ダッシュは持ち前の駿足と、度胸でここまでやってきたが、一番辛いのは腹が減ることでも、眠る場所がないことでもなく、一人だったことだ。孤児の仲間は仕事での付き合いであり、ダッシュは彼らを信用することができなかった。今更、親がほしいとは思わないが、自分を信頼して、期待してくれる人がほしかった。

思わぬ打診を受けて、ダッシュは言いよどみそうになったが、慌てて返事をする。

「はい」

「俺はガキが嫌いだが、仕事のできるやつは例外だ。お前は、甘えたところがない。しばらくしてここを引き払い、新しい餃子屋を開く。これから、人手が必要だ。お前、手伝ってみないか？」

はじめて誰かに必要とされ、目に熱いものがこみ上げてきたダッシュは、六浦に背中を押された。

「ついてこい」

階段を下りていった六浦は、店の入り口に回った。店は狭いカウンターで立ち食いする五人分のスペースがあるだけで、厨房から立ち上った湯気で曇っている。香ばしいにおいが漂っていて、労働者風の男や、勤務を終えた駅員が、皿の上の食べものを一心不乱に食べている。客は、アルミのコップに入れられた安酒を飲み、二杯まで飲むと強制的に会計させられ、追い出されていた。

「食ったんならとっとと出て行きやがれ！　ここはてめぇん家じゃねえんだぞ！」

列を無視して店内に入った六浦は、奥の席でくだを巻いていた日雇い労働者の男を追い出して、一人分の席を空けた。

「おい、三条！　そこの窓を閉めるなって何度言ったらわかるんだ！　排気が二階に上がってくるんだよ！」

厨房で餃子を焼いていた小太りの三条元上等兵は、ひいひい言いながら身体を回転させて言った。

「この窓の裏は便所になっててひどいにおいなんだ！　とても開けられたもんじゃないよ！」

餃子を食べていた引き揚げ軍人らしき男から、三条に文句が飛ぶ。

「メシ食ってるときに汚ねえ話してんじゃねえ！」

店は鍛冶場のように暑く、厨房ではひっきりなしに餃子が焼かれ、それを黙々と食べながら客は酒を飲んでいく。子供がいる場所ではないと思いつつ、生々しい大人の姿がダッシュの記憶に強く刻まれた。

餃子をのせた皿を、厨房の三条がダッシュの前に置いた。

「まだ食べたことなかったよね。食べてってよ」

ダッシュは六浦を見た。

「遠慮すんな」

不揃いの箸を手に取った。餃子と呼ばれた食べものは、耳を膨らませたような形をしていて、きつね色の焼き目がついている。形はいびつで、油でギトギトしており、怒っているかのように熱を放っている。横の大人に倣って、上から醤油をかけた。大人たちのまねをして少しだけ酢も垂らしてみた。タレをかけてもなお、餃子は熱を持っていて、湯気が舞い上がっている。

餃子のにおいを嗅いでいると、腹がぐうぐう文句を言い始める。抑えきれなくなったダッシュは、勢いよく焼餃子にかぶりつき、それを見た六浦は止めようとした。

「一気に食うな！」

遅かった。熱々の餃子は、ダッシュの口の中を、容赦なく焼き払っていく。どういう味なのか、言葉が見つからない。とにかく熱くて、地獄の釜で煮込んだスープを飲み込んだようだった。

火傷をしても、ダッシュは満たされていた。これを食べれば大人として認められ、堂々と通りを歩ける。

大人たちにとってはただの一皿でも、ダッシュにとっては洗礼だった。口の中を焼きながら、一気に食べきってしまうまで、ダッシュは箸を止めなかった。

「よっぽど腹が減ってたんだなぁ」

ダッシュの食べっぷりを見て、厨房の三条は声を上げた。六浦はダッシュの耳元でつぶやいた。

「これが世界を制する味だ。お前が世の中に貸したツケを払ってもらうには、絶好の機会だと思わないか?」

孤児になってから、感情を押し殺してきた彼にとって、うまいものを食う喜びは、抗《あらが》えるものではなかった。餃子は、ダッシュに居場所を与えていた。この小さな餃子屋こそ、彼が最も望んでいた場所であり、餃子へ忠誠を誓う瞬間でもあった。


「お前には、走ってもらう」

翌日、店の二階に呼ばれたダッシュは、新たな計画を六浦から打ち明けられていた。

「今大切なのは、供給を安定させることだ。ミロク亭の餃子は、いつ行っても食える。そう印象づけることが大事だ」

ダッシュはわら半紙を束ねたメモ帳に、六浦の考えを写していった。

「小麦班、野菜班、肉班の三つに部門を分け、それぞれに材料を集めていく。お前には、この仕事を任せられそうな子供を探してきてほしい」

「子供ですか?」

　階下から餃子のにおいが立ちこめてくる。

「子供は余計な考えに毒されていない。食いものの量だって、大人の半分で済む。万が一のとき、子供の方が隠れる場所が多い。俺は、メシと寝床は用意してやるが、使えないと判断したら、容赦なく首を切る。お前が連れてきた子供の働きは、お前の評価にもつながることをよく覚えておけ」

　都市で食糧を調達する上で、最も確実なのは進駐軍と交渉することだった。ダッシュが彼らから調達していたのは、肉だった。時刻表が当てにならない列車で、長時間生の肉を運んでいたら、途中で腐ってしまうし、においでMPに見つかってしまうリスクもある。交渉の末にスパムやビーフシチューの缶詰、ときにはブロック肉が手に入ることもあったが、どれも値が張った。

　ミロク亭の餃子にとって、肉ほど重要なものはないとダッシュは念を押されていた。粗末な小麦粉や野菜の味をごまかすために、大量の熱い油でかき消そうとする餃子こそ、六浦が編み出した餃子の形だった。肉汁は人間のガソリンと豪語する六浦を満足させるためにも、肉の交渉を行う英語に長けた専任が必要だった。

　新橋駅前には急場をしのぐ畑が作られ、その横にバラック小屋がずらっと立ち並ぶ、上野や新宿に負けない一大マーケットが形成されていた。飲食店や食材を売る店は賑わっていたが、古本屋は閑古鳥が鳴いていた。土産物として物色しに来るもの好きもいるが、大抵は冷やかしに過ぎない。ゴミでも売れるヤミ市で、古本屋だけは、好景気の蚊帳の外だった。

店主の青年は景気の悪さなどどこ吹く風で、進駐軍から譲ってもらった洋書に夢中になっていた。

「ブンシ」

店頭に現れたダッシュは、商品を読みふける店主の青年に声をかけた。客に気付いた青年は、寝そべるのをやめて身体を起こした。

「やあ、ダッシュ。今日はお勉強の日じゃないのに感心だなぁ」

ダッシュよりも年上のブンシは、疎開先から戻ってきたら家族が空襲で死んでしまっていた。彼には親戚がいたが、戦後の焼け野原が肌に合うらしく、古書を店頭で売る傍ら、得意の英語で進駐軍と取引し、身一つで暮らしていた。進駐軍との交渉を得意とする一方、日がな一日路上で古書に読みふけることもあって、畏敬と軽蔑の両方を含めてブンシと呼ばれていた。

ブンシは孤児に文字の読み書きや、英語を教える先生でもあり、すぐに実践できるものばかりだったので、門下生は多かった。ブンシの教え子の一人であるダッシュも、週に何度かは情報交換がてら使い勝手のいい英語を教わっていた。

「お願いがあってきたんだ」

いつになく緊張した面持ちのダッシュを見て、ブンシは読んでいた古書を閉じた。

「なにか、面倒ごとに巻き込まれたかな？」

孤児たちの動向を注視しているブンシにとって、動じる姿を滅多に見せないダッシュの引きつった表情は、無視できなかった。

「僕と一緒に、会社を興してほしいんだ」

ブンシは座り直した。

「僕は今、新宿で餃子屋をはじめようとしている六浦さんに、仕事をしないかと誘われたんだ」

「餃子?」

「新宿で飛ぶように売れている食べものなんだ。今はまだあまり知られていないけれど、ここで先手が打てれば、莫大なお金が稼げるかもしれない」

ブンシはため息を吐き出した。

「私は今の生活でも結構満足しているんだ。ご飯を用意してくれる人もいるし、進駐軍の一人が、私をアメリカへ連れて行ってくれるという話もある。私は商売よりも学問をやりたいと思っているんだ」

ダッシュは手にかいた汗を握りしめながら、声の震えを殺して説得を試みる。

「アメリカに行ってしまったら、ブンシの大好きなブンガクが読めなくなってしまうよ。ご飯だって、口に合わないかもしれない」

「ブンガクは何も日本だけのものじゃない。アメリカなら、英語のほかにもフランス語やドイツ語のブンガクだって読める。たばこの混じった味噌汁を飲んだって、お腹を壊さなかったんだから、アメリカに行ったって怖いものはないだろう」

ブンシと言い合いをしても、丸め込まれてしまうのは明らかだった。ダッシュは思いつく限り、旅の危険を訴えていく。

「ブンシは船が苦手だって言っていただろう。アメリカまでは何ヶ月も海の上で揺られるんだ。海軍が置き忘れた魚雷にぶつかって、沈没してしまうかもしれない。日本にいた方が安全だよ」

ブンシは本の角で頭をかいた。

「海を渡ったら、日本にいるよりも、可能性に満ちている。アメリカで流行する音楽や、映画だって、好きなときに見られる。何より、成り上がるチャンスがあるはずだ」

一つずつ説き伏せられていき、ダッシュは打つ手がなかった。言葉の代わりに、目に熱いものがこみ上げてくる。それを見たブンシは笑った。

「悪かったよ。聞く気がないわけじゃないさ。君は私にどんな仕事をさせようとしているのかな？　興味本位で聞いてみよう」

途端にダッシュの顔がぱあっと明るくなる。

「餃子には、三つの要素が欠かせないんだ。小麦粉と野菜、肉。肉だけは、進駐軍から譲ってもらう以外に、定期的に手に入れる方法がない。ブンシなら、進駐軍にもコネがあるし、彼らに宣伝することだってできるかもしれない」

「肉の供給先の窓口になってほしいというわけか」

ダッシュはたたみかけていく。

「もしこの仕事がうまくいけば、自分の部屋も持てるだろうし、そこを壁一面本で埋め尽くすことだってできるかもしれないよ。この仕事なら、ブンシが持っている力を、もっと使える気がするんだ」

ダッシュは地面に膝をついて、ブンシを見た。

「僕は胸を張って、お金を稼ぎたい。ブンシの力を、僕に貸してほしい」

ダッシュが借りを作ろうとしない少年であることを、ブンシはよく知っていた。ダッシュの頭を下げる姿を見て、ブンシは本を置いた。

「本だらけの生活というのは、私を説得するに足る、素晴らしい条件だ。冒険活劇を読んでいると、自分の身体を動かしたくもなってくる。話だけでも聞かせてもらうよ」

ブンシと共に山手線に乗り、ダッシュが降り立ったのは池袋だった。孤児たちには、ブンシなら新橋、ダッシュは新宿といったように縄張りがあり、それぞれの地区同士で情報を共有し合うのが常だった。ときに、縄張りを超えた仕事もあったが、ダッシュが唯一近づこうとしなかったのが、池袋だった。

池袋駅前も、ほかの主要駅と同じように駅前にバラック小屋がいくつも形成され、密造酒を売る店もあれば、ぼろきれを服と称して並べる店もある。他の駅前と変わったところはないが、孤児たちが池袋を好まなかったのは、主がいたからだった。

ヤミ市を、二人のMPが走り回っていた。露天商たちは慌てて荷物をまとめて逃げようとしているが、彼らの狙いはちんけな商人たちではない。英語で怒号が飛び交い、二手に分かれてどこかへ行ってしまった。

「剣呑だねぇ」

そうつぶやいたブンシを連れて、駅の近くにある焼け残った鉄骨二階建ての商店に向かった。一階は、出所不明の酒が飲める居酒屋になっていて、昼でも夜でも客で満ちていた。ダッシュとブンシは、彼らの背中をよけながら店の奥の扉を開けて、地下への階段を下りていった。この店は、密造酒の取引を得意とする孤児たちの店で、ダッシュやブンシのような子供が出入りすることも珍しくはなかった。半地下の倉庫では、密造されている酒樽から刺すようなにおいが立ち上っている。

「ここにいるだけで酔っ払いそうになるなあ」

ブンシは鼻をつまんでいた。倉庫には酒や缶詰などが並んでいたが、隅に布団が敷かれていた。掛け布団が乱雑に置かれており、主の不在を示している。

ブンシは棚に寄りかかりながら、ダッシュに言った。

「君は、ときに大胆な行動に出るね。私なら、ここにもぐり込もうとは思わないよ。くわばらくわばら」

ブンシはしゃがみ込んで、目を閉じた。ダッシュは何も言わずに、出入り口を見つめていると、ほどなくしてドタドタという足音が聞こえてきた。

勢いよく開けられた扉の先で、ダッシュが目にしたのは、小さなナイフを片手に、こちらをにらみつけてくる二人の少女だった。

「誰が勝手に入っていいって言った」

髪の短い少女が、ナイフの切っ先をダッシュに向けていた。その後ろで、錐を持った一回り背丈の低い少女も、警告してくる。

「象でも死んでしまう毒を、米兵から譲り受けましたの。試してみてもいいかしら？」

種類の違う二つの怒気に迫られていた。

「言っただろう。よせばよかったって」

少女たちに聞こえないよう、ブンシはダッシュに耳打ちした。

ダッシュは黒い瓶に入れられた密造酒を手に取って、窓からの光にすかしてみた。どろっと濁っていて、自分が大人だとしても飲みたいとは思えない代物だった。

「仕事があるんだ。リン、ミカ」

リンは常に手放さずにいるナイフで、器用にリンゴを剝き、ミカに食べさせているのでリンと呼ばれていた。ミカは、錐で露天商の野菜や果物を刺して盗むことを得意としていた。ミカンやオレンジはよくその標的になったからミカと呼ばれていたが、名前の可愛らしさとは裏腹に、池袋の孤児たちは彼女たちとつるもうとはしなかった。

「おまえに仕事を紹介してもらうほど、こちとら落ちぶれちゃいないんだ。消えな」

リンは、鋭い視線をダッシュに送った。

リンとミカは姉妹のようにいつも一緒だったが、二人とも空襲で家族を失い、引き取られた娼館で出会った。娼婦たちから見ても見栄えがよく、二人ならすぐにでも客が取れそうだと快く迎え入れた。

娼婦たちが唯一見抜けなかったのは、リンとミカが生粋の男嫌いという点だった。近づいてきた客の喉を切り、目を錐で刺すようなじゃじゃ馬だったのは予想しようがなかった。二人の幼い娼婦の蛮行は瞬く間に東京中へ広がっていき、リンとミカの夜伽《よとぎ》稼《か》業《ぎょう》は早々に廃業となった。

「僕と一緒に、会社を興してほしいんだ」

ダッシュから会社という言葉を耳にして、リンは笑った。

「あたしらを素っ裸にして、男の前で踊れとでも言うのか？　あたしらがどうしてこんな生活をしているのか、知らないおまえじゃないだろう？」

リンはくだけた調子で言ったが、目は笑っていなかった。ダッシュは鼻から小さく息を吸い込む。

「僕は今、餃子を作る会社を始めようとしている。それには大量の野菜と小麦粉が必要だ。東京で、君ら以上に田舎から品物を持ち運べる子供はいない。僕らの会社なら、君らが必死の思いで運んできた品物を、二束三文で買いたたくようなまねはしないし、こんな安居酒屋の地下で生活もさせはしない」

ミカは咳をしてからリンの手を握った。

「あなたも見てきたはずでしょう？　大人は私たちを使い捨ての駒としか考えていません」

ミカをかばうようにダッシュの前に立って、ナイフを突きつけてきた。

「らしくもない、胡散臭い大人から真っ先に距離を置くのがダッシュだったんじゃないのか？」

ダッシュはミカを見た。

「ミカ、君はあまり具合がよくないんだろう？　今はリンが君を守ってくれるかもしれないけれど、融通のきかないMPに見つかって、二度と歩けない身体にされることだって、あるかもしれない」

リンのナイフが、ダッシュの首に触れた。刃物の冷たさが、ダッシュの首に伝わっていく。

「余計な口出しをすると、殺すぞ」

付き合いがあるからこそ、ダッシュの首はぎりぎりで血を吹き出さずに済んでいた。

ダッシュは臆さずに続ける。

「ふつうの大人たちは、孤児に仕事を任せようとはしない。六浦さんは違う。仕事ができるかできないかで評価をしてくれる。一人の人間として、実力を図ろうとする大人なら、僕は信頼できると思ったんだ」

どれだけ盗みが上手で、進駐軍とつながりがあったとしても、彼らはみな孤独だった。居場所を求めてさまよう彼らにとって、自分たちの行いを真っ正面から認めてくれる喜びは、ただ金銭や食べものをもらうだけでは得られない。

リンとミカは列車に潜り込み、地方から様々な物品を運んでいた。彼女たちを慕う孤児たちを引き連れて列車に紛れ込み、田舎で品物を手に入れて、貨車に隠れたり、列車の屋根に乗ったまま、東京へ食糧を持ち込む。ダッシュが評価したのは、MPに見つからない成功率の高さもあったが、二人が持っている人のつながりだった。

右も左もわからない東京の孤児が田舎に行っても簡単に取引は行えないが、二人と面識のある孤児を通せば、面倒ごとを抱えずにやりとりができる。リンとミカの人とのつながりを形成する力は、強みだった。

ダッシュは最後に言った。

「誰も信じずに生きていくのは、死んでいるのと同じだ」

この場にブンシもいたことが、リンを冷静にした。ミカが黙り込む中、リンはナイフをダッシュの首から離した。

「子供ってだけで、苦労して運んできたものをしけた値で買いたたかれるのはうんざりだ。ブンシ、おまえはこいつの言う雇い主に会ったのか？」

「いや、まだだよ」

「なら居場所を教えろ」

ダッシュから店の場所を聞いたリンは、ミカとブンシを連れて階段を駆け上がった。

辛《から》くも三人の説得を終え、ダッシュは肩の力が抜けていく。酒樽の蓋を開けて、ひしゃくで密造酒をかき混ぜ、透明な部分をすすってみた。舌が焼けるように熱く、喉が燃えるようだった。すぐに吐き出して、何度も咳をした。

酒を吐き出した口を腕で拭いながら、三人を追うために、ダッシュは池袋から山手線に乗り込んだ。ダッシュが乗るのはいつも最後尾の車両だった。隅で小さくなって、車窓を眺めていると、いつの間にか孤児たちに囲まれていた。そこに、イソの姿があった。

「よお、ダッシュ」

イソは親しげに近づいて、ダッシュの首根っこをつかんだ。周りにいる孤児たちは、へらへらと笑っている。

「何やら面白そうなことを企んでいるらしいじゃねえか。おれも一枚かませてくれよ。なあ?」

イソは手鼻をかんで、よれよれのズボンで拭った。

「ブンシに、リンとミカも説得したみてえじゃねえか。おまえが、まだ孤児になったばかりの頃、おれぁどれだけ面倒を見てやったことか。大人たちが財布をしまいやすい場所、進駐軍がゴミを捨てるところ、オカマに襲われずに眠れる寝床、おれがいなきゃ、おまえ、きっと野垂れ死んでいただろうなぁ」

蜘蛛の糸を上るカンダタを追う亡者のごとく、イソは決してダッシュから手を離さなかった。

「おれぁ、おまえを罪人にしてMPに売ることだってできる。忘れちゃいけねえぜ、受けた恩は独り占めしちゃいけないんだってな」

六浦の事業に、イソが入り込む余地はない。日の目を見る仕事をするには、手を汚しすぎている。ダッシュは、イソをそう捉えていたが、たとえ一時的にここで撒《ま》いたとしても、決して自分を逃すことはない。

列車が新宿に到着した。扉がゆっくりと開き、客が降りていく。逃げるか、それとも説得するか。答えを出す前に、ホームから客が乗り込んでくる。

「あれえ? こんなところで何やってるんだい、ダッシュ」

間の抜けた声で話しかけてきたのは三条だった。大人に声をかけられたことで、孤児たちは一目散に列車を降りて、どこかへ散っていった。イソもこれ以上ダッシュを拘束するわけにもいかず、さっと手を離した。

ここで、三条に泣きついて、イソを追い払うこともできるが、それでは、何も変わらない。イソにも、孤児を引き付け、束ねる力がある。それが餃子屋の経営に活用できるのかはわからないが、劇薬の一つを持っておくのも手だった。

ダッシュはイソと肩を組んで、三条を見た。

「六浦さんに頼まれたんですよ。仕事ができそうなやつを探してこいって。今から、僕の友人を紹介しに行くんです。さあ、早く降りよう」

いかにも旧友のような振る舞いで、ダッシュはイソと共に新宿に降りた。

まともになんてなれないと、イソは言った。それが本当かどうか、一番近くで見てもらおうじゃないか。不意を突かれて歪んだ笑みを浮かべるイソと共に、餃子の焼ける湯気を立てる店へ、歩みを進めていった。

第四章　知恵

新聞に目を通すフエの表情は曇っていた。

「いけないねえ」

カニ歩きをしなければ通れないほど狭い厨房から、キャベツを刻む音が聞こえてくる。ウンジャはフエのぼやきを無視して、仕込みを続けていた。

「今日は何人、客が来たんだい」

フエはカウンターの一番奥の席に座りながら、通りを眺めた。

大森駅の西口は緩やかな坂になっていて、トタン造りのバラック小屋が並んでいる。駅前から坂を少し上ると、地獄谷《じごくだに》と呼ばれる小さな谷があった。急な階段を下って、ウナギの寝床のように細く続いている狭い小路には、飲み屋や定食屋がひしめき合っている。

餃子が人を惹きつけると見抜いてから、フエの行動は早かった。設備を失った須藤金属工場をたたみ、地獄谷の一角で餃子屋『来香園《らいこうえん》』を始めた。

開店直後のフエは鼻息を荒くしていたが、今は吐き出すのがため息へ変わっている。

終戦後の東京各地の駅前は、見切り発車で始めた飲食店であふれかえっていた。

燃えた家から持ち込んだ古い壁掛け時計が、二時を指している。

「十人くらいかしら」

本当は六人しか来ていなかったが、ウンジャは四捨五入しておいた。

「その客がどれくらいお代わりをしていったんだい？」

金に厳しいフエが、売り上げを知らないわけがない。ウンジャも強情なので、簡単には答えようとはしない。舌打ちをして、フエは広げた新聞をウンジャに見せてきた。

「これ、見てみな」

「アタシ、日本語読めないから」

「じゃあ机にある日記は誰が書いたんだろうねえ」

キャベツを刻むウンジャの手が止まる。

「まさか中を見たんじゃないでしょうね」

「あんたが今見るべきは、こっちだよ」

新聞には小さな写真とともに、『満州の味　流行の新宿餃子』という記事が掲載されていた。新宿駅の西口は、もつ焼きやおでん、カストリ焼酎を出す飲み屋に至るまで、飲食店がしのぎを削っていたが、その中でも異彩を放っていたのが、餃子を出すミロク亭だった。

品書きは焼餃子の一品だけ。酒は二杯飲んだらすぐに追い出される回転の速さ。店舗は狭くて汚く、ネズミやゴキブリがうっかり顔を出すこともしばしばで、最悪なのは店員の態度だった。とても上品な店ではなかったが、列を成す人々の写真が人気を表している。

フエは頰杖をついた。

「満州から餃子を持ち帰ったのは、あんたたちだけじゃないみたいだね」

来香園という立派な屋号を掲げたわりに、店はまるで流行っていない。

「どうしてうちの店に客が来ないか、教えてやろうか？」

ウンジャは返事をしなかったが、フエは間を置いて一人で話し始めた。

「それはね、あんたの餃子が一度食ったら、それでいいと思わせるものだからさ」

ほとんど料理をしないフエに、味の指摘をされて、ウンジャの眉間にしわが寄るが、客がいないという事実のせいで、反論が引っ込んでいく。フエは容赦なく批評を続ける。

「もしも、餃子を売り続けたいと考えているなら、餃子を客の日常に忍び込ませることさ。西洋料理みたいに高いものなら、特別な日の食いものにしても採算が取れるかもしれないが、餃子みたいに安いものを、たまにしか食わなくていいものにしちまったら、商売あがったりさ。あんた、心のどこかで、自分勝手に餃子さえ作っていられればそれでいいと思ってないかい？」

いよいよ我慢ならなくなったウンジャは、包丁をまな板においた。

「アンタに、何がわかるっていうのよ」

ようやく牙を見せたウンジャに、フエはここぞとばかりにかみついていく。

「あんたは、どこか他人を寄せ付けようとしないところがある。おいしいと思うやつだけが食べればいい、文句があるならよそへいきな、っていう傲慢さがね。そういう態度ってのはね、隠そうとしてもにじみ出てくるもんなのさ。あんたは、いろんな餃子を知っている優越感に浸って、客を見下しちゃいないかい？」

ウンジャには、自信があった。究極の餃子を求めて、半島や大陸を渡り歩き、様々な民族の食卓で餃子に触れてきたのだ。こんな経験を持ち帰ったのは、自分たちしかいない。グンゾーが求めた究極の餃子を生み出す使命感が、ウンジャを厨房に立たせていた。

蓋を開けてみれば、一時賑わいはしたものの、物珍しさはすっかり消えて、客足は途絶えている。近くの焦げ臭い焼鳥屋や、密造酒を出す飲み屋の方が流行っている現実が、ウンジャの自尊心を打ち砕いていた。

新聞を折りたたんで、フエは席を立った。

「今の日本では何が起きていて、あんたに何が足りないのか。もっと考えてみな」

日本にやってきてから、ウンジャは他人の作った餃子を食べてこなかった。大きな駅前には必ずと言っていいほど中華屋があったが、ものの数ではないと相手にしなかった。大陸での戦い方を知らずに、型にはまった教練だけで世界を圧倒できると盲信して敗れ去った日本軍のように、経験にあぐらをかいて実状を知ろうとしないのは危険だった。身近な失敗例があるというのに、自分も同じような傲慢さに陥っていた。

「フエさんも遠慮がないっすねぇ」

銭湯からの帰り道、桶を抱えたジンペーは横を歩くウンジャに言った。

「何か策を打たないと、あんなぼろ屋でも賃料はバカになんないっすからね」

両手で桶を持ったウンジャは、追い抜いていった自転車を目で追った。

「悪いわね。材料、運んできてもらってるのに」

ウンジャの言葉を聞いて、ジンペーは顔をのぞき込んできた。

「本官こそ、荷物を運ぶだけでまともに手伝ってあげられなくて申し訳ないっす。フエさんの言ったとおり、まだ餃子という食べものが、周りの人たちに浸透していないのは事実っすよねえ」

ああでもない、こうでもないと案を口にするジンペーとは裏腹に、ウンジャは黙っていた。

「大変なことなんて、これまでにもいっぱいあったじゃないっすか。そんな様子だから、坊ちゃんを祭子姉様にとられちゃうんすよ」

冗談を言ってもウンジャの表情は変わらず、ジンペーは足を止めた。

「思ってることは口にした方がいいっす」

夜でも銭湯の周りは、近所の人たちで賑わっていた。親を待つ子供たちを相手に、紙芝居屋が物語を披露している。

「究極の餃子にたどり着けるのか、心配になるのよ」

紙芝居屋は、物語に食いつく子供たちに、進駐軍から譲り受けたガムやチョコレートを売り、後で親たちからきっちり金を回収していた。

「究極の餃子を受け継げるのはアタシたちしかいないのに、あれだけ研究をしてきた餃子が、まるで支持されない」

「本官がもっといい食材を調達できないからっすよ」

楽しそうな子供たちとは対照的に、ウンジャの表情は暗かった。

「おばばにずかずか言われて腹が立ったけど、痛いとこを突かれたのも事実。前みたいにきちんと考えて餃子を作れている気がしないの。客をどう捕まえるかとか、どうやったら浸透させられるのか、そういうことって、餃子づくりには関係ないことでしょう？　アタシは、究極の餃子を作ることに集中したいのに」

思い詰めた様子のウンジャに、ジンペーはさらっと言った。

「なら、まずはその新宿の店を敵情視察っす！」


来香園を休業し、午前中に品川から山手線に乗った二人は、新宿にやってきた。武蔵野方面の郊外や、山梨、長野からの玄関口に当たる新宿は、ヤミ市が初めて開かれた場所ということもあり、物乞いをする傷痍軍人が駅前で座り込んでいたり、愚連隊の子供たちが肩を怒らせて歩いていたりと、にぎやかだった。

しょんべん横丁を抜けて、青梅街道に突き当たると、ミロク亭の店前に行列ができている。客でぎゅうぎゅう詰めになった店内から、談笑するような声は聞こえてこない。みな、黙々と餃子を口に運んでいる。女性で並んでいるのはウンジャだけだった。

「殺伐としてるわね」

小声でウンジャが言うと、ジンペーは切り抜いた新聞記事を見た。

「店主が厳しいらしいっすよ。さっさと食べて出ないといけない感じの店みたいっす」

一番奥のカウンター席に案内され、餃子を二皿注文した。厨房では、小太りの男が客に背を向けて、餃子を焼いている。黙って見ていると、ジンペーとウンジャの前に、銀のカップが置かれた。中には透明の液体が入れられている。いらっしゃいませの一言もなくカップを置いたのは、幼い少年だった。

「頼んでないっすよ」

ジンペーはすかさず酒を突っ返そうとしたが、少年はにらんできた。

「うちは、二杯飲んで、出て行ってもらうのがしきたりなんだ。餃子が出る前に一杯、食べながらもう一杯飲んでお勘定。文句があるなら席を空けてくれ」

大人ぶって言ってくる少年の口調が、ジンペーをいらだたせた。

「勝手に注文させるなんて、ぼったくりっすよ、こんなの」

抗議すると、ほかの客たちがジンペーをにらんできた。どんな理不尽なしきたりでも、この店ではそれが法律だった。妙なルールを強要され、ジンペーは店を出ようとする。ウンジャがジンペーの袖をつまんだ。

「ひとまず様子を見ましょう」

鉄鍋が三つ並べられ、蓋の隙間から湯気が漏れている。小太りの男は手際が悪く、鉄鍋の熱や、跳ね返る油を嫌がっていた。少年は、カウンターに目を光らせて、空いた皿があったら片付けて、酒がなくなっている客を見つけたら会計を済ませようとする。

餃子はすぐにやってきた。あらかじめ客がやってくることを想定し、ひっきりなしに焼き続けている。皮が厚めの、焼餃子だった。かなり油を使っていて、餃子がてらてらと輝き、皿の底に油の泉ができている。ひだがきちんと閉じられておらず、大きさもばらつきがある。

醤油と酢をかけて、息を吹きかけてよく冷ました。これだけ人が集まる餃子は、どんな味なのか、きちんと分析する。覚悟を決めたウンジャは餃子を口に運んだが、言葉を失った。

中にたっぷりの脂が詰まっていて、皮が破けると決壊した川のように熱い肉汁があふれてくる。このこってりとした味わいを、新宿の人々は求めていた。

ウンジャの心を乱したのは風味だった。発酵キャベツのかすかな酸味。丁寧に練り込まれた肉の粘度。無骨な優しさを感じる味わい。しばらく食べていなくても、ウンジャの舌にはその味が染み付いている。

横で咀嚼するジンペーも箸が止まり、二人は視線が合う。

「これ、グンゾーの餃子じゃない！」

ウンジャは声を上げて、カウンターを叩いた。

食材の質が低く、細かい部分には違いがあっても、根っこはグンゾーが各地で作ってきた餃子に酷似していた。ウンジャの怒りを生んだのは、雑に作っているところだった。肉の筋が残っていて、野菜はばらつきがあり、皮に粉っぽさが残っている。食べる人のことを考えて作られているとはとても思えず、グンゾーがずっと苦悩し、試行錯誤し続けてきたものとはほど遠かった。

叫び声を上げたウンジャに、少年がすかさず近づいてくる。

「騒ぐなら金を払ってとっとと出て行け」

我慢のならなかったウンジャは、少年を見下した。

「この餃子を作ったのは誰よ！」

客たちも、ウンジャの怒号を聞き逃し、食事に集中していく。小国の大臣のように振る舞っていた少年は、顔を真っ赤にした。

騒ぎを耳にして、餃子を焼いていた小太りの男は、身体を反転させてウンジャたちを見た。

「お、お客さん、困りますよお。静かにしてもらわなきゃ……」

今度はジンペーが声を上げる番だった。

「三条！」

「ひえええっ！」

ジンペーに見つかり、三条は厨房にしゃがみ込む。ウンジャはカウンターを踏んで厨房に乗り込もうとする。

「この泥棒！」

「いい加減にしろ！」

少年は包丁を手に取り、ウンジャに向けた。包丁で脅されたくらいで、ウンジャは動じない。

「子供はすっこんでなさい！」

客たちはそそくさと店を後にしようとしていた。

「おいおい、会計を済まさずに出て行かれちゃ困るぜ。何の騒ぎだ？」

店の出入り口から一人の男が姿を現した。その登場は、ウンジャの目をより血走らせた。

米軍払い下げのジャンパーを身にまとっている六浦に、カウンターからジャンプしたウンジャは詰め寄って、胸ぐらをつかんだ。

「アンタ、グンゾーの手帳を盗んだわね！」

六浦を壁に押しつけて、ウンジャは張り手を食らわそうとした。六浦はウンジャの手首をつかんで、笑みを浮かべた。

「久々の再会だってのに、とんだご挨拶じゃねえか」

ウンジャは歯を食いしばっている。

「釜山でアタシの荷物から手帳を奪って、この餃子を作ったのね！　開拓村で、窮地を脱出できたのは誰のおかげだと思ってるの？　この恩知らず！」

ウンジャとジンペーが東京にいたのは六浦の予想外だったが、問い詰められても笑みを引っ込めなかった。

「証拠がどこにある？」

「この餃子は、グンゾーが時間をかけて作り出したものよ！」

子供をなだめるように、六浦は首を横に振った。

「開拓村で、俺も検見軍蔵から焼餃子を学んだんだ。似ていて当然だろう？」

「少し習っただけで、こんな正確にグンゾーの餃子が作れるわけないでしょ！」

騒ぎを聞きつけて、外から人々が店を覗いていた。ジンペーも黙っているわけにはいかない。ウンジャの背後に立って、六浦を見た。

「こういう罠を仕掛けてたんすね」

ジンペーの低い声に、一兵卒の六浦は胃に痛みが走るが、腹に力を入れた。

「あんたたちは、餃子を自分たちが生み出したものと勘違いしちゃいないか？」

ウンジャの腕をつかみながら、六浦は二人を見た。

「俺たちだって、あんたたちと同じさ。検見軍蔵から教わったものを、自分たちなりに改善して、商品にしている。検見軍蔵は誰でもうまいと思える餃子を作ろうとしていたんだろう？　俺がそういう志を引き継いじゃだめなんて、あんたたちに言われる筋合いはないぜ」

我慢ならなかったジンペーは、ウンジャを避けて六浦の首をつかんだ。

「盗人風情が、身の程をわきまえろっす。あんたがやったのは、グンゾーさんだけでなく、ショーグン様やミン、バダルフや団長、みんなの顔に泥を塗る、侮辱っす」

ジンペーの力強い手を押しのけながら、六浦は抵抗を続ける。

「あんたたちが、餃子にどんな思いを持っているかなんて、客には何の関係もない。客は、うまいもんが食いたくてやってくるだけだ。俺は俺なりに、餃子を広めたいと思っているし、それで金を稼ごうとするのは立派な知恵だ」

手を振り払って、六浦は服を整える。

「あんたたちのほうが有利だったはずだぜ。検見軍蔵とずっと一緒にいて、餃子の知識だってある。ヨーイドンで始まった競走で、たまたま俺たちが前に行ったからって、ずる呼ばわりされるのは筋違いってもんだ。暴力で脅しをかけるなんて、ここいらのヤクザよりたちが悪い」

六浦から手を離すと、いつの間にか店には子供たちが集まっていた。ウンジャに包丁を向けた少年だけでなく、ぶかぶかの前掛けをつけた二人の少女や、だらしない笑みを浮かべる青年が、手に包丁や錐を持って、二人をにらみつけていた。

ウンジャとジンペーは突如現れた暴漢であり、店の秩序を脅かす侵略者だった。すでに、六浦は自分が追及されない立場になるまで、駒を前に進めていた。

戦後が始まっていることを、ウンジャは突きつけられた。誰もが金を稼ぐために、あの手この手で、恥も外聞もなく生き抜こうとしている。どんな正論をぶつけようと、今の六浦を打ち負かすことはできない。

「もう一度言う。金を払って、今すぐ店を出て行け。ここは、僕たちの店だ」

給仕の少年の目は、迷いがない。ここは六浦の世界で、彼が王であり、子供たちは忠実な臣下だった。

ジンペーの判断は速かった。

「帰りましょう、ウンジャ」

「どうして？　こいつがやったこと、アンタだってわかってるでしょう？」

ウンジャは食い下がったが、ジンペーはウンジャの肩に手を置いた。

「今は退くっす」

鼻からゆっくりと息を吐き出したジンペーは、六浦に頭を下げた。

「お騒がせしたっす」

列に並んだ客たちに見られながら、ジンペーはカウンターに金を置き、ウンジャを連れて店を後にした。残された客たちは、視線を交わし合っていたが、六浦が大声で言った。

「さあ、再開するぞ！　奥、二人分、席が空いたからあんたたちはここに入ってくれ！おい、三条！　そんなとこに挟まってないでとっとと焼き始めろ！」

包丁を握りしめたダッシュや、餃子づくりを中断して飛び出してきたリンとミカが、戸惑いの表情を浮かべている。六浦は何事もなかったかのように言った。

「お前たちもさっさと持ち場に戻れ！　やることはたくさんあるんだ」

「社長、今のは」

まだ興奮醒《さ》めやらぬ中、子供たちを代表して、ダッシュが問いかけてきたが、六浦は一蹴した。

「戦争の亡霊だ」


帰りの山手線で、ウンジャは顔を押さえながら声を殺して泣いた。ジンペーはずっとウンジャの手を握っていた。

大森駅で降り、店に戻ってくるとフエがカウンターの椅子に座っていた。

「繁盛の秘訣は、少しでも盗めたかい？」

いつもなら勝ち気な返事がやってくるが、ウンジャは何も言わず、厨房奥の階段から二階の屋根裏に閉じこもってしまった。

「珍しいじゃないか」

ジンペーは開店中の札を閉店にひっくり返して、フエの隣に腰掛けた。

「ミロク亭は、本官たちと満州を生き延びた軍人の男が経営してたんす。そいつは、本官たちの師匠が書き残した餃子の作り方を盗んでいました」

フエはカウンターを叩いた。

「なんだって、そんなマヌケをやらかしたのさ！　仮にも師匠が残したものだったら、かじりついてでも持ち帰るべきだったんじゃないのかい？」

ジンペーは肩を落とすしかなかった。二階にまで届きそうなくらい、フエのため息は大きかった。

「たとえその軍人があんたたちから作り方を盗んだとしても、客がついているのはあっちだ。あたしは、あんたたちの道楽のために、この土地を買い取ったわけじゃないよ」

翌日からジンペーは市川や上野に顔を出して食材を調達したものの、店に戻ってきてもウンジャが厨房に下りてくることはなかった。

「閉じこもったって、一銭の得にもなんないんだよ！」

二階の扉を叩いて、フエはウンジャを怒鳴りつけていたが、無駄だった。餃子づくりはウンジャに一任されており、ジンペーもフエも素人同然。店を閉じておくわけにはいかないし、買ってきた材料を腐らせるわけにもいかない。

ジンペーとフエは見よう見まねで餃子を作ってみたが、とても客に出せるような代物ではなかった。祭子にも手を貸してもらうことになり、カウンターにタミオを寝かせて家族総出で餃子づくりが始まった。

「なんだってあたしが作んなきゃいけないんだい」

フエが文句を言ったかと思えば、ぐずるタミオを見て祭子の手が止まる。

「あら、タミオちゃん、おしっこかしら。今替えてあげますからね」

ジンペーが野菜を切る横で、祭子はタミオのおしめを替えようとする。

「材料切ってる横でおしめを片付けるバカがどこにいるんだい！」

具を包む段階になっても、祭子はタミオをあやしてばかりで、チマチマした作業が苦手なフエはいびつな餃子を量産していく。地獄谷は酒や食事を求めて多くの客たちが歩いていたが、来香園の生活感あふれる騒ぎは客足を遠ざけるだけだった。おでんを切らした横の店主が、温情で三人前の餃子を注文してくれたものの、形もバラバラで、お代をもらうのが申し訳ない出来だった。

「あんたはうちの店を潰したいのかい！」

客が一人も来ない日が続いて、フエは未だ引きこもるウンジャを怒鳴りつけたが、声は虚しく厨房に響き渡るだけだった。ジンペーは黙々と餃子を包んでいく。

「あんな腰抜けだなんて思わなかったよ、あたしゃ！」

夕方になって、入り口の戸が開いたが、現れたのはタミオを抱えた祭子だった。

「タミオとの散歩は楽しかったかい？」

祭子は、店が空いているのを確認すると、外に声をかけた。こわごわとした様子で、店にやってきたのは、子供を抱えた四人の母親たちだった。普段母親たちは酒飲みがひしめく地獄谷に近づこうとせず、子供を抱えた手が力んでいる。

「ここは喫茶店じゃないんだよ」

フエの悪態など意に介さず、祭子はジンペーに母親たちを紹介した。

「この方たちはね、お友達のお母様たちなの。タミオの事情を話したら、古着や使わなくなったおしめなんかを譲ってくださって。せっかくだから、餃子をごちそうしたいのだけど、どうかしら？」

祭子は大分の豪農の家に生まれた娘であり、昔から近所の人とお茶を飲むのが習慣だった。東京の工場に嫁入りしてから、優雅な時間とは無縁になったが、世間ずれしていない祭子の話は母親たちの心をくすぐるものがあった。

フエは一喝した。

「ここはただ飯食わすところじゃないんだよ！　さあ、帰った帰った！」

フエは、麺棒を振り回して母親たちを追い返そうとした。それに待ったをかけたのは、ジンペーだった。

「ちょっと待ってくださいっす！」

フエをなだめたジンペーは、母親たちに視線を移す。

「せっかくなので、作るところを見ていかれませんか？」

フエはまたしても大声を上げた。

「作り方を盗まれたっていうのに、手の内を明かすなんていよいよおかしくなったのかい！」

ジンペーは母親たちに、笑ってみせた。

「餃子はおいしいだけでなく、作り方も簡単なんすよ。高い材料は必要ありませんし、好みで入れるものも変えられます。どうっすかね？」

ジンペーの美貌に導かれるように、母親たちはカウンターの椅子に腰掛けていく。ジンペーは、階段を上って扉をノックした。

「ウンジャ、手伝ってほしいっす」

安い木戸が、今は鉄の門のように部屋を閉ざしている。ジンペーは扉に向かって話を続けた。

「今、祭子姉様のお友達がいらしているんすよ。せっかくなので餃子を振る舞おうと思うんすけど、本官たちじゃもてなしにならないっす」

ジンペーは狭い階段に腰をかけた。

「どんな精鋭部隊も、場所が変われば苦戦を強いられるものっす。大事なのは、自分が今いる場所がどういうところで、何が好まれるのかを、考えることだと思うんす。本官がグンゾーさんのくよくよしているところを、一度も見たことがないのはきっと、うじうじするよりほかにやることがいっぱいあると考えていたからだと思うんすよ」

部屋から音がして、ジンペーは鼻から息が漏れた。

「大森は人が帰ってくる街っす。ということは、家の数だけお客さんの候補がいるってことっすよ。なぜ来香園が支持されていないのか。理由は簡単で、まだみんな餃子という食べものをよく知らないんす。まずは食べてもらって、作り方を教えて、餃子を街のみんなに知ってもらうことが大切だと本官は思ったっす」

扉の向こうから返事が聞こえてきた。

「作り方を教えたら、競合相手が増えるじゃない」

「ウンジャの餃子は、そんな簡単に盗まれるような代物なんすか?」

ウンジャは何か言いかけていたが、ジンペーの言葉が上書きしていく。

「ミロク亭に作り方を盗まれて、腹がたったっすけど、グンゾーさんならみじんも動じないはずっす。餃子の虜《とりこ》になった人間が増えたことを知ったら、むしろ喜んだかもしれないっす」

ジンペーも笑った。

「知名度を上げるのも、究極の餃子への立派な道っす。本官は、その流れを止めたくないっす」

そう言ってジンペーは階段を下りていった。

「ウンジャも、作り方を教えるなんて反対しただろう?」

フエに怒られていると、階段を降りる音が聞こえてきた。現れたウンジャの髪はぼさぼさで、目が腫れぼったい。頬はこけ、さんざん泣き腫らしたのは客の母親たちにも伝わったが、ウンジャは何も言わずに厨房に立った。

調理台の上にはキャベツと、ヤミ市で手に入れた豚肉が置かれていた。ウンジャは野菜を刻み、タネを作り始めた。黙々と行われる餃子づくりに、母親たちは目を奪われていく。ほかの野菜でも大丈夫なのかとか、どのくらいこねればいいのかとか、質問が飛ぶとウンジャは丁寧に答えた。

フエは頭を抱えた。

「もうおしまいだよ」

ぶっきらぼうに母親たちに餃子づくりを教えるウンジャを、ジンペーは満足そうに見ていた。

「成功は、危ない思いをしなきゃ手に入れられないはずっす」

店の古時計が鐘を鳴らした。みんなで餃子を作る光景をジンペーが見たのは、開拓村以来だったが、そのぬくもりは決して冷めていなかった。

第五章　帝国

虹色に輝くシャンデリアの下で、ウィスキーの瓶からコルク栓の抜かれる音が響いた。立派な口ひげを蓄えるようになった六浦社長は、着物姿のホステスにウィスキーのロックを渡され、琥珀色の液体を喉へ流し込む。

「なんでも好きなものを飲んでくれ。あんたんとこには世話になってるからな」

隣に座った眼鏡をかけた記者の男は、六浦社長の横で隙のない笑みを浮かべているホステスに見つめられて、目のやり場に困ってしまう。それを見かねたイソは、記者の肩をぽんと叩き、欠けた前歯を見せた。

「うちんとこぁ、城西新聞さんにゃあ感謝してもしきれないんだぜえ。新聞に書いてあることなら、なんでもみんな信じちゃうんだからさ。新聞さんが、逆立ちが身体にいいって書けば、次の日の朝はみんな庭でひっくり返ってるんだ」

イソのスーツは一着しかなく、ワイシャツは襟元が黄ばんでいて、ネクタイの結び方もいい加減だった。記者は笑いでごまかしながら手帳にメモを続けていく。

「新宿本店だけでなく、今度は横浜にも新店舗を出すそうじゃないですか。私もよく、ミロク亭の餃子を食べるんですよ。さっと食事を済ませたいときには便利なんです」

六浦社長は機嫌良さそうに笑った。

「ミロク亭の信条は、長っ尻しないことだ。必要なことだけ済ませて、さっと次へ向かう。日本の労働者は、一分一秒を惜しんで働かにゃならん」

相手を気持ちよくさせて、聞きたいことを自分から話させるのが、男の記者としての信条だった。

「ミロク亭が拡大する速さにもびっくりしていますよ。どんな店だって、のれん分けは渋るものじゃないですか。分家が本家を食い潰しちゃうなんてのはよくありますけど、ミロク亭は気前がいい」

六浦社長は記者にウィスキーの入ったグラスを渡して、乾杯させた。記者が酒を飲んだのを見て、満足そうに六浦社長は話を始める。

「商売で大事なのは、鮮度だ。うちは、それを逃さないようにするために、先手を打っているだけだ」

「そんなに店を広げて、質が落ちることは心配しないのですか?」

六浦社長はグラスの水滴が付いた指で、口ひげに触れた。

「ミロク亭の餃子に必要なことは、一冊のマニュアルにすべて詰まっている。マニュアルに書かれているとおりに作りさえすれば、本店と同じ味になる。これは、少しでも調理の経験がある人間なら、簡単に理解できるものだ」

記者は盛んにメモをしながら問いかけた。

「開業して、もうすぐ十年。どうして六浦社長は、徹底したマニュアル管理や、安定した仕入れ先の確立など、他の飲食業ではなし得ていない経営が行えたのでしょうか？」

クラブにはミロク亭の社員がひしめき、みなグラスを手に笑っていた。

「俺と副社長は、満州で軍のいい加減な組織運営に騙されて、多くの仲間や戦友たちが死んでいくのを目にした。崩壊した組織や、無能な上司とともに心中するのは愚かな考えだ。餃子を提供し続けるためには、時に仕入先を変えたり、取引のない店に飛び込んだり、流動的でなければならない。経営を常に見直し、恩で人と付き合わないのが大事だ」

後ろの席で、がしゃんという音が鳴り響いた。ホステスが近づいていくと、丸々と太った三条副社長が、こぼした酒でスーツを汚しながら、眉を八の字にして笑っている。顔は真っ赤で、ホステスはシルクのハンカチで汚れを取ろうとしているが、三条副社長は機嫌良さそうに自分の額を叩いた。

「大丈夫ですか？」

記者に声をかけられ、三条副社長はホステスの手を借りてソファに座り、テーブルに置かれていたぶどうをつまんだ。

「お騒がせしちゃってすみません」

これ幸いと、記者は三条副社長にも質問を始める。

「三条副社長は、若い従業員の教育に力を注いだと聞いています。ミロク亭の経営をしながら、孤児の救済を行うのは大変だったのではありませんか？」

六浦社長と比べ、三条副社長は表情が柔らかく、これなら記者も取材がしやすかった。

「僕は、ずっと死にたいと思っているんですよ」

安心した矢先に、笑顔で三条副社長が妙なことを言ったものだからホステスも記者も、表情が凍り付く。

「僕の家は口減らしのために、毎年のように家族が変わっていました。ずっと穀潰しだと言われてきたから、僕は、この世に余計に生まれてきちゃったんですね。死に場所を求めて、満州行きを志願しました。ここまで生き延びてしまい、未だに夢を叶えられてはいませんが」

記者はなんとか取り繕っていく。

「三条副社長が帰還したからこそ、ミロク亭が生まれたわけじゃないですか。従業員のみなさんをここまでお育てになったわけですし、ご立派なことですよ」

三条副社長は乾いた笑みを浮かべた。

「僕は、自分より不幸な人間に嫉妬するんです。東京にやってきてからは、苦しみました。どこを見ても、僕より不幸な人ばかりでしたからね。僕には、それがうらやましくて仕方なかった」

酔っているせいか、普段は口下手な三条副社長は饒舌だった。記者としては貴重な副社長の話を聞けたのは良かったが、この発言を紙面に載せるわけにはいかなかった。

「なかなか死ねない僕がすべきことは、僕より不幸な人間を減らすことでした。僕が一番不幸な人間になれば、それだけ死の確率は上がるわけです。孤児なんて、身体も貧弱で栄養もろくに摂れていませんから、放っておけばすぐに死んでしまうのです。そんな幸せを先取りさせまいと、僕は餃子で生きる術を彼らに叩き込みました」

その話を聞いて、記者はもちろんのこと、ホステスも黙りこくり、六浦社長はおかわりのウィスキーを飲んだ。沈黙を破るかのように笑い出したのは、イソだった。

「社長と副社長はおれたちを子供扱いせず、はじめから大きな仕事を任せて、居場所を与えてくれた。おれの役目はミロク亭の餃子を赤ん坊から死の床にある老人まで広めることだと言って、好き放題やらせてくれましてね。おかげで、あんたともこうしてお知り合いになれたってわけだ！」

イソはウィスキーを飲み干したが、顔色が変わらなかった。記者も倣って酒を飲んだ。

「満州から生還した社長と副社長が、孤児たちに社会人としての教育を施し、一丸となって立ち上げた会社こそミロク亭であり、それが今、戦後の復興が進む日本の希望の星になっている、というわけですね」

その言葉を聞くと、イソはもちろんのこと、六浦社長や三条副社長もくすりと笑った。

イソは手の甲で鼻の下の汗を拭いながら答えた。

「ちげえねえ！」

気分をよくしたイソは、どんどん酒を持ってこさせて、記者に飲ませていった。

騒ぎを少し離れた席から、スーツを着たダッシュとワンピースの上にカーディガンを羽織ったミカが眺めていた。かつてコレラで死にかけていたミカも、今ではアイスピックを人ではなく、氷のために使える女性になっていた。

「何を考えているか、当ててあげましょうか」

ダッシュの前に置かれた手つかずのグラスには、結露が浮かんでいた。

「イソを抱き込んだのは失敗だったんじゃないかって」

そう言ってミカは、自分のウィスキーを飲んだ。グラスに付いた口紅を、指でそっとなぞって消す。

「東洋一の餃子店、ミロク亭の看板は駅のあちこちで見かけるし、ラジオのCMソングも、イソが作ったらしいですね。近いうちにテレビ放送も始まるみたいですが、放送局にも手を回しているみたいだから、当分国民はミロク亭の看板を見ることになりそうですね」

ミカはたばこに火をつけて、静かに煙を吐き出した。ミカが新しいたばこを突き出してきたので、ダッシュもそれに付き合った。

「宣伝もほどほどにしないと割に合わないぞ」

「リンも、出張で飛ぶときは、信じられない領収書、持ち帰ってくるんです。私は何度も注意したんですよ。各地で遊んでいると後で話がこじれるって。あの子、遊びを覚えた途端、歯止めが効かなくなっちゃって」

「今のリンを、昔のリンに見せてみたいな」

ダッシュがそう言うと、ミカはまた煙を吐き出した。

「すぐに頸動脈を切られるでしょうね」

貸し切られたクラブで談笑するミロク亭の社員の大半はダッシュたちより年上の男たちだったが、彼らはみな部下だった。

辺りを見回しながら、ミカはたばこを水晶の灰皿に押しつけた。

「都内三十店舗。二十三区内のどこにいても、ミロク亭の餃子が食べられる。それを、私たちでやり遂げた。信じられますか、ダッシュ」

ドブネズミのような幼少時代から考えられないほどの、高い酒や仕立てのよい洋服、宝石に、めまいがする額の金。それらを彼らは実際に、手に収めていた。

「あなたにまず感謝しなければなりませんね。あなたが誘ってくれなければ、きっと私たちは暴漢に慰みものにされて死んでいたでしょう」

そう言ってミカはグラスをダッシュに近づけた。ダッシュは乾杯してから、騒がしい宴を見た。

「僕は、ごくありふれた家の子供だったんだ」

孤児たちは、身の上話を好まない。イソのように過去の悪事を武勇伝のように語るのはごく少数で、大半は孤児だった事実を隠そうとする。ミカがダッシュの過去について聞くのは、初めてのことだった。

「父は南方に出兵して戦死し、母と姉と妹の四人で暮らしていた。隣の家に、同級生が住んでいて、うちと家族ぐるみの付き合いをしていた。とても面倒見のいい同級生で、妹の面倒もよく見てくれたんだ。空襲の日、学校から家に帰ってみると、母も姉も妹も、死んでいた。その同級生の家族は、たまたま出かけていてみな無事だったんだ。僕はそのとき、同級生の家族に慰めてもらえるものだと思っていた」

ダッシュはグラスを口元まで近づけたが、テーブルに置き直した。

「同級生の僕を見る目は、不幸を遠ざけようとするものだった。空襲の日を境に、僕は彼の同級生から、不幸を招く存在に代わり、近づくと自分まで不幸になると彼は考えたんだろう。彼は、僕と遊ばなくなった」

クラブの奥からピアノの演奏が聞こえてくる。誰も聞いてはいないが、誰にも聞かれないからこそ必要とされる音楽が、ここには存在していた。ミカにとって話の内容より、身の上を話し始めた経緯が気になった。

ダッシュはあごを引いて笑った。

「裏切りは、人間が行う罪の中で、最も許しがたい行為だ。僕はもう、誰も裏切らせない」

ダッシュがミカやイソといった人材を集め、ここまでミロク亭を成長させてきた要因の一つに、隠しきれない怒りがある。笑みが楽しさ以外からも生まれることを、ミカは初めて学んだ。

「そうですね」

ミカはただ一言だけ、ダッシュに言った。

これまで笑みを浮かべていたが、ダッシュはまた表情を戻した。

「社長は僕らの腕前を信じて、店を託してくれた。ここで僕らは自由に餃子を作って、経営を広げ、成果を上げられる。僕は何があろうとも、社長を裏切らないし、ミロク亭とともに心中する。君もそうだ」

ダッシュは決まり切ったことのように、ミカに言った。

「他の社員を出し抜こうとしたり、社内政治にうつつを抜かしたりする連中は、排除する。人間が弱いことは罪じゃない。弱さに屈することが罪なんだ。ミロク亭は、社員の弱さを理解し、裏切りのない、支え合う企業に育てていく。そのために、もっと働くぞ、ミカ」

ダッシュに誘われた孤児たちも、はじめから高い志を持っていたわけではないが、夢中になることが人を育てていった。肉の仕入れを任されていたブンシは、経営学を学んだ進駐軍と親交を深めるようになり、アメリカの企業の今について資料を集めた。ミロク亭が、非常に積極的なチェーン展開を行うことになったのは、ブンシが学んだ戦略の賜物だった。

ミロク亭の社員という肩書きは、社会に貢献しているという名刺ができたようなものだった。リンは、地方の運び屋を部下として雇い入れ、野菜や小麦粉だけでなく、酒や食器に至るまで仕入れるようになり、ミロク亭の物流を任されるようになった。竹を割ったような性格のリンは、人望が厚く、倉庫管理や物流担当という地位を得ると、誰彼かまわずけんかをふっかけるようなことは卒業していった。

就職後も長引いた療養から復帰して、ミカが目にしたのはミロク亭のずさんな経理だった。六浦社長のどんぶり勘定を見ていられなかったミカは、税務署の公開講座で出納管理を学び、近所の飲食店から帳簿の付け方を教わった。ミロク亭の飛躍はミカの復帰から本格化した。

そんな彼らをインテリと揶揄したイソは、当初何の役職も与えられていなかった。彼に光を見いだしたのは六浦社長だった。

「知名度は、商品の命だ。どんな非難を浴びてもかまわない。ミロク亭の餃子を、日本中に広めてこい」

ダッシュからイソを紹介されたとき、六浦社長が命じたのはこれだけだった。不良仲間と酒やクスリに溺れて、スリで生計を立てているような男に、社の主力商品の命運を任せていいのか。ダッシュは最後まで六浦の判断を懸念していた。

宣伝の任を受けてから、イソは片っ端から道を歩く人に声をかけ、ミロク亭に呼び寄せた。強引な勧誘がＭＰに目をつけられると、今度はミカに何の断りも入れず、手書きの無料券を駅で配りまくった。その件でダッシュやミカから、大目玉を食らったにもかかわらず、鉄板と生の餃子を持ち出して、駅前で火をおこし、即席で餃子の試食会を行って、ＭＰに逮捕された。

ダッシュがイソを引き取りに行くと、知り合いに会いに行くと言って向かった先が城西新聞社だった。酒場で知り合った記者とイソは、いつの間にか宣伝の契約を取り付けており、次の日には新聞にイソ手書きの広告が載っていた。イソの神出鬼没さは、ミロク亭の武器になっていた。

「社長の夢が、いよいよ叶うかもしれませんよ」

パーティの翌日、イソが社長室に新聞を持ち込んだとき、ダッシュも同室していた。イソが持ち込んだ新聞には、シベリア抑留に関する記事が書かれていた。

新聞を読むダッシュと六浦社長に向かって、イソは両手を広げた。

「おれが社長についていこうと決めたのは、夢が壮大だったからでさあ。いずれは日本全国に店舗を展開し、さらには世界にまでミロク亭の餃子を広める。それが近いうちに、現実になりまさぁ」

もったいぶった言い方に、ダッシュはしびれを切らした。

「きちんと説明しろ」

ダッシュをいらつかせることが、イソのやる気につながっていた。機嫌良さそうに腕を組んで、話を続ける。

「最近になって、シベリアで捕まっていた軍人さんたちの帰国が続いていまさぁね。船着き場に出張して、彼らにミロク亭の餃子を振る舞うんでさぁ。ご苦労様、今の日本は復興の道を歩んでいますよと、餃子でそれを伝えりゃ、きっと軍人さんだって、安心してくれまさぁ」

六浦社長は新聞をぐしゃっと握りしめていた。うつむいて黙りこくっている。激高の前触れだと思い、ダッシュは補足した。

「社長、申し訳ありません。後で注意をしておきますから……」

新聞に水滴が落ちていく。鬼の六浦と恐れられた経営者の目から、身体を震わせるほどの涙が流れていた。イソは終始にやけていた。

「どうしたんですか、社長」

社長室にやってきた三条副社長が新聞を見つけると、大きな声を上げた。

「これ九鬼軍曹じゃないか！」

新聞には、帰国の目処《めど》が立った人たちの名前が記載されていた。その中に、クキ・ムネオキという珍しい名前があるのを三条副社長は見逃さなかった。三条副社長は、六浦社長の肩を揺さぶる。

「軍曹殿が生きてらした！　間違いないよ！」

喜ぶ二人の様子を見て、イソからにやつきが消えた。

「もしかして、軍人時代のお知り合いが？」

三条副社長が大きくうなずいた。

「よかったよお、もう軍曹殿が亡くなっていたらと考えると、嫉妬で眠れなかったんだ。あんなに苦労した方が、あっさり死んじゃうなんて間違ってる。僕みたいな役立たずこそ、早く死ぬべきだって……」

涙を拭うことなく、六浦社長は顔を上げた。

「敬礼の角度や、行進の仕方、銃の持ち方や帝国軍人としての心構えまで、俺たちは徹底的に叩き込まれた。口より先に手が出るのは当たり前で、融通なんてものは一切利かない。軍曹殿の部隊に配属されたとき、俺はなんてつらい場所に送られてしまったんだと、嘆いたものだった」

そう言葉を口にしながら、六浦社長の頭に大陸での日々が蘇っていく。

「軍曹殿は、乱暴ではあっても、理不尽ではなかった。軍規に反するような横領や暴力には、容赦なく疑問を投げかけた。そのせいで、俺たちみたいな素人同然の部下がいる部隊に左遷されたわけだが、少なくとも軍曹殿は絶対に部下を見捨てようとはしなかった」

六浦社長にとって戦争は、思い出すのが難しいほど遠いものになっていた。いつしか生き延びた戦いの日々が、六浦の中で美談に変わっている。

「終戦間際になって、俺たちが駐留していた開拓村を、ソビエトの軍が急襲してきた。軍曹殿は俺と副社長に、村人を連れて南へ逃げろと命令を出してくれた。当時、敵前逃亡は死と見なされ、臣民たるもの玉砕覚悟で戦うことが絶対だったのに。おかげで、俺と副社長は日本に帰ってくることができた」

六浦社長は思い出したかのように内ポケットからハンカチを取り出して、あふれ出てくる涙を拭った。

「餃子で一山当ててやろうと思いついたとき、屋号が必要になった。三条の三、六浦の六、そして九鬼軍曹の九を借りて、ミロク亭にしようと決めたのは、いつか、軍曹殿に恩返しができるかもしれないと思っていたからだ」

六浦社長が打ち明けた過去に、ダッシュの胸は熱くなった。男泣きする六浦社長を見て、珍しくダッシュはイソと目が合った。

イソは引っ込めた笑顔が戻ってくる。

「自ら盾になって部下を逃がし、ボロボロの社長たちがゼロから立ち上げた餃子屋が、今や東京を飛び出そうとしている！　軍曹殿が帰還されるとき、かつての部下が手掛けた餃子を提供したらもう、日本中が涙するに決まっていまさぁ！」

イソの頭の中ではすでに、再会の光景が綿密に描かれている。ダッシュも再会を祝いたい気持ちは同じだった。

「僕も賛成です。軍曹殿がお戻りになった際にはぜひ、ミロク亭の餃子を食べていただきましょう」

「お前たちを雇うようになって人を育てる苦労がよくわかったよ。世の中の規律をまず教え込まないことには、物事の善し悪しの判断がつかない。何が正しいとされていて何が間違いなのかを、厳しく教えてやらなければいけなかったんだな。よくぞここまで育ってくれた」

どれだけ成功を収めても、ダッシュはこれほどの賞賛を受けたことはなかった。もらい泣きしそうになる気持ちをぐっと抑え、ダッシュは六浦の目を見た。

「素晴らしい再会にしましょう」

ダッシュがそう返事をする頃にはもう、イソは新聞社へ走っていた。

六浦社長が打ち明けた次の日には、新聞にこの話が載っていた。新聞社やラジオ局が六浦社長に取材を申し込み、店では早く恩人に会えるといいなと常連客たちが話し合っていた。

普段なら意見の違う、五人の元孤児たちも、このときばかりは一つになっていた。ブンシが付き合いのあるアメリカの貿易商にこの話をしたら、新しい取引先を紹介してくれたし、リンが地方へ仕入れに向かうと必ずと言っていいほど農家の人たちから帰国はいつになるんだいと聞かれた。

ミカがミロク亭の事務所に出社すると、お見舞い金と称して寄付を置いていってくれる人もいたし、新宿駅のホームに『九鬼軍曹、帰還』という大きな看板が立てられているのをダッシュが見たときは、これが単なる企業の騒ぎではなく、国民を巻き込んだものへ膨らんでいるのを感じていた。

帰港が博多港に決まると、ブンシだけが東京に残って、普及しつつあった街頭テレビで一部始終を見つめることにした。

「まるで力道山の試合があるみたいね」

新宿駅前の広場に置かれた街頭テレビの前はすでに、詰めかけた人たちであふれかえっていた。ブンシの腕をぎゅっとつかんだ女は誇らしげだった。後にブンシの妻となるタエコは、夫に似て読書家で人混みが嫌いだったが、このときばかりはうきうきしていた。

「新聞を片っ端から買ったわ。すべて、九鬼軍曹の記事が載っているんですもの。驚いたわ」

ブンシは、甘えてくるタエコのパーマを当てた髪を優しくなでた。

「社長は九鬼軍曹という方によく似ているよ。男気があって、自分のことはほとんど話さないところなんてそっくりだ」

「素敵な話じゃない。命を賭して逃がしてくれた上官を思って、お店の屋号に名前を使うなんて。その方が帰ってくるときに、同じ会社にいられるんだから、ブンちゃんの功績だって素晴らしいものだわ」

タエコはあえて周りの人々に聞こえるように、自らのボーイフレンドの素晴らしさを宣言していた。照れを隠すように、ブンシは街頭テレビを指さした。

「ほら、始まったよ」

白黒テレビが、混雑する博多港を映し出した。生中継で、司会のアナウンサーが満面の笑みを浮かべて番組の説明を始めた。その横には、六浦社長の姿がある。ミロク亭の活躍、六浦社長と九鬼軍曹との逸話、再会したら何を話したいかなど、番組を盛り上げるための質問が続いている。

新宿の広場に集まった人たちのすべてが、何のために騒ぎになっているかわかっていたわけではない。一企業の私人が、元上官を迎え入れるために、これだけの騒ぎを起こす理由を、放送をしている当事者ですら、わかってはいなかった。イソはこれを国民的行事だと思い込ませるため、あらゆるメディアに九鬼軍曹の物語を伝えていた。

着岸している船から、何人かの帰還兵が手を振っていた。博多港は、帰還を待つ家族や入国審査を行う職員に加えて、無数の野次馬たちでごった返していた。アナウンサーの声が高くなり、カメラが一気に船へ近づいていく。船の上には、九鬼軍曹の姿があった。

白黒のテレビに映し出されていたのは、やつれた老人だった。まだ老人と呼ぶほどの年齢ではなかったが、頬がこけ、目がどんよりと曇っている。背筋がピンとしていなければ、病人と見間違えるほど生気がない。背丈に合っていない大きなジャケットを着せられているせいで、余計貧相に見えた。

地上のバカ騒ぎを一瞥して、特に驚く様子もない。手を振る愛想もなく、呆然としている。その九鬼軍曹を見て、アナウンサーは、シベリアでの生活がどれだけ苦しいものだったかを、まるで見てきたかのように語り始める。

九鬼軍曹はタラップを下りてきて、港に立った。本当ならすぐに帰国の手続きを行わなければならなかったが、今回は中継が入っていることもあり、いきなり六浦社長との再会になった。アナウンサーはしゃがみ込み、六浦社長と九鬼軍曹にマイクを近づける。ノイズの入った音声が、テレビから流れてくる。

「軍曹殿、六浦上等兵であります。お疲れ様でございました」

感情をたっぷりと込めて、六浦社長は敬礼をした。その横では三条副社長が目頭を押さえている。ここで、九鬼軍曹が六浦社長の手を取り、何か再会の言葉を口にすれば、イソが願ったような展開になったはずだが、首を動かして元部下をチラリと見るだけで何も口にしなかった。

帰国したばかりで驚かれているのだと、アナウンサーがフォローし、六浦社長が話を続ける。

「我々は、帰国してから餃子屋を始めました。名前はミロク亭と言って、三条の三、六浦の六、そして九鬼軍曹の九をお借りして屋号を決めました。おかげさまで、日本中の国民から愛される餃子を、我々は提供しています。それはすべて、九鬼軍曹があのとき、我々を国へ帰そうとしてくださったからです。ぜひ軍曹殿に我々の餃子を食べてもらいたいと思い、この場を用意させていただきました」

まるで銀幕スターが現れたかのように、野次馬が国旗を振ったり、歓声を上げたりしている。九鬼軍曹は、ぼうっとしたままうんともすんとも言おうとはしない。アナウンサーは、港に設置した餃子の屋台に案内した。

今日は無料でミロク亭の餃子が振る舞われており、岸壁や木箱に座って餃子を食べる人々の姿があった。何人もの子供を連れた家族や、傷痍軍人、乳繰り合うカップルなどが一堂に会しており、田舎のお祭のようでもあった。

屋台では九鬼軍曹のための餃子が焼かれていた。後ろに船が見える席に九鬼軍曹を座らせ、六浦社長は早く持ってくるよう調理場に指示を出した。間髪容れずに焼きたての餃子が運ばれてくる。

「さあ、いよいよ食べるわよ」

テレビを見ながら、タエコは息をのんだ。ブンシも言葉こそ口にしなかったものの、つばをゴクリと飲み込む。

「ぜひ召し上がってください」

焼き色は完璧だった。きつね色の焦げ目が付いた焼餃子はもうもうと湯気を立て、テレビで見ていても食欲を誘ってくる。九鬼軍曹は、置かれた箸をじっと見つめた後、おもむろに持ち上げた。餃子を箸でつまみ上げ、醬油が入れられた小皿には目も向けず、そのまま口に入れた。

「一気に食べたら熱いですよ、軍曹殿」

食べ方を教えるように、六浦社長が水を入れたコップを差し出したが、九鬼軍曹はやけどしたそぶりも見せずに咀嚼を続ける。三十秒近く、老人が咀嚼する様を日本中の国民が見せつけられていた。

くすっと、九鬼軍曹から笑みがこぼれた。それを見て、アナウンサーがすかさずマイクを近づける。

「いかがですか、九鬼さん」

九鬼軍曹は箸を置き、コップの水を一気に飲み干した。口は閉じているものの、舌を動かして歯の間に挟まった具をこそげ落とそうとしている。

ふう、と息を吐き出した九鬼軍曹は向けられているカメラには目もくれず、アナウンサーに向かって大声でぶちまけた。

「まっずい！」

幾多の新兵たちを鍛えてきた九鬼軍曹の声量は、シベリアでの生活を経験しても衰えていなかった。その声の大きさに、アナウンサーもカメラマンもディレクターも、六浦社長をはじめとしたミロク亭の一同も耳をふさいだ。

自分が中継されているとは知らない九鬼軍曹は、まだ餃子の残されている皿を脇に避けて、アナウンサーに説教を始める。

「こんなまずいものが、今の日本では流行しているのか？　なんだこのギトギトの油でごまかしただけの粗末な食いものは！」

こんなことを言われるとは思っていなかった六浦社長は、顔がかあっと赤くなっていく。

「ぐ、軍曹殿は長旅でお疲れなのです。また日を改めて、召し上がっていただきます」

六浦社長のフォローに、アナウンサーも同調していく。

「帰国されて、これだけの群衆に見られながら食事をすれば味がわからなくなってしまうのも無理はありません。一度、帰国の手続きを行うために、九鬼さんには向こうへ進んでいただいて……」

九鬼軍曹の帰国を歓迎する会だったはずなのに、主賓が退場させられようとしている。自分が見せものにされている状況に気付き始めた九鬼軍曹は、立ち上がって六浦社長を見た。

「貴様、これは検見軍蔵の餃子をまねしたつもりだな？」

久々に名前を聞いて、六浦社長は一歩後ずさりをする。ピンと伸びた姿勢のまま、九鬼軍曹はたたみかけていく。

「味は似ているが、何の工夫もない。キャベツの風味は悪いし、タネは時間が経っていてパサつきがひどい。肝心の脂すら質が悪いものだから、胃潰瘍《いかいよう》になりそうだ。シベリアでもこんなにいい加減な食いものは見たことがない！」

日本から帝国軍人が姿を消して数年、国民は久々に昔気質の軍人を目撃していた。きびきびとした立ち居振るまい、物怖じしない態度、そのはっきりとした口調に、群衆から笑いが起こっていた。沸き立った群衆とは対照的に、タエコは言葉を失っていた。

「どういうこと？」

ブンシも九鬼軍曹の意見には賛成できない。

「シベリアで味覚がおかしくなってしまったんだ。ソビエトの収容所は、人間性を奪うような場所らしい」

九鬼軍曹に全否定され、六浦社長も黙っていなかった。

「ミロク亭の餃子は、日本中の国民から支持されています！　東京にはいくつも支店がありますし、どの店も行列が絶えません。これこそが、国民の味なのです！」

六浦社長の意見に、ダッシュたちも同意したかったが、生還した軍人が場を切り裂いていく。

「バカもん！　餃子のぎょの字も知らんかった国民が、これを餃子だと騙されているだけだ！　舌を麻痺させるほど、油や塩や調味料をぶち込み、熱さと量でごまかしているだけのペテンではないか！　こんなものは、餃子のまねをしただけの、ただの残飯だ！」

問答無用で言い放った九鬼軍曹は、スタスタと帰国の手続きを行うために画面から消えてしまった。ミロク亭の社員は、言葉を失い、沈黙する社長の顔を見ることができずにいる。

このまま醜態の現場を放送するわけにもいかず、アナウンサーが帰国後の九鬼軍曹の健康を祈る適当なメッセージを残して、中継が終わった。

新宿の広場は大盛り上がりだった。群衆は、まさかその主賓が祭そのものをぶち壊すとは思っておらず、さらし者になったミロク亭と六浦社長を笑い者にしていた。

「あの軍人はきっと、アカに染まっておかしくなっていたのよ！」

話を向けられたブンシの顔は真っ青だった。騒ぎの中で、ブンシはぽつりと言葉を漏らした。

「これは、大変なことになるぞ」

第六章　家出

「俺は、餃子が嫌いなんだよ！」

啖呵《たんか》を切った一人の少年が、来香園を飛び出していった。狭いカウンター席に座っていた客たちの箸が止まる。

「待ちなさい、タミオ！」

ウンジャは厨房から店先に飛び出したが、タミオは姿を消した後だった。列に並んでいた人々は、呆れたウンジャを不思議そうに見つめている。鼻息を荒くして店に戻ると、海苔問屋の社長が、奥の席でビールを飲みながら慰めた。

「家族円満で何よりだなぁ、おい」

午後の仕事へ向かう客の会計を済ませて、ウンジャは厨房に戻った。

「笑い事じゃないわよ」

「繁盛してるのはいいことじゃねえか。俺が毎日来てやってるおかげかな」

店に貼られた一九六〇年四月のカレンダーは、持ち帰りの予約や宴会の予定がびっしりと書き込まれている。昼時ということもあって、店は満員だった。ウンジャは空いた皿を片付けて、鉄板の前のジンペーに声をかける。

「次、三人前ね！」

焼き上がった餃子と白米を、新たな客へ運んでいく。ジンペーは焼き上がった餃子を皿にのせては、生の餃子を鉄板に並べていき、油まみれになった時計をじっとにらんでいる。息の合ったウンジャとジンペーのやりとりを見ながら、社長はビールを飲んだ。

「遊びたくなる年頃だろうよ。ジャズやらロックやらで、若い連中は浮かれてやがるからな。ちっと前まではぁ、敵の音楽だなんて言われてたが、若い連中にゃ関係ねえこったな」

工場からの客も押し寄せてきて、店は混雑のピークを迎えていた。ご飯を山盛りにしながら、ウンジャは社長に言う。

「タミオに遊んでる時間なんてないのよ」

ウンジャは新しい客の前に、餃子定食を置いた。

「大事な跡取りだもんなぁ」

空になった社長のビール瓶を回収しながら、ウンジャは言った。

「あの子には、継がなきゃいけないものが、たくさんあるんだから」

当のタミオは、京浜東北線に揺られていた。

「なんで俺が餃子なんか作んなきゃいけねえんだ」

タミオの膝の上には黒い大きなケースがあった。中身は、古いサクソフォーン。若いタミオにとって、若さの熱量をぶつけるのはジャズだった。米軍のラジオから流れてくるチャーリー・パーカーのセクシーな音色は、窮屈な生活から解放してくれた。地獄谷と揶揄される狭い店で、朝から晩まで餃子を焼き続けるなど、タミオの望む人生の姿ではない。

中古のサクソフォーンは、せっせと貯めたお金でお茶の水まで買いに行った相棒だった。店の二階で練習しようものなら、ウンジャに餃子を作れと小言を言われ、家に帰ればフエばあさんに烈火のごとく怒られる。昔から自分を甘やかしてくれるおばの祭子に頼めば、楽器の一つくらい買ってくれただろうが、あのおばに借りを作りたくはなかった。

田舎に行って、目一杯好きなジャズを奏でる。その計画を決行する日を迎えていた。唯一の失敗は、駅に近いという理由で、サクソフォーンを店の二階に置いたことだった。ウンジャの目を盗んで抜け出そうとしたが、すべてを見透かされ言い合いになった。

早くから、タミオは自らの立場を知らされていた。満州族とモンゴル人の血が入った母は韓国の釜山で眠っており、日本人の父は今、究極の餃子を求めて旅をしている。ウンジャとジンペーは、あくまで知人の子供を育てているという立場に徹していた。

父が旅をしているのなら、自分も楽器と旅をしたっていい。タミオなりの理屈を並べ立てたものの、ウンジャは餃子を作れと言うだけで、賛成してくれなかった。

目を覚ますと大宮だった。東北へ向かうか、新潟へ向かうか。やってきた方の列車に乗ろうと思い立ち、黒磯方面に行き先が決まる。

夜になって列車がなくなると駅前のそば屋で夕食を終えて、待合室で眠りこけた。来香園の狭い二階で眠ることに慣れていたので、堅いベンチで寝ることには何の抵抗もない。朝になってサクソフォーンをホームで吹いていると列車がやってきて、さらに北を目指す。ふらふらとサクソフォーンを吹いて旅をするのは、タミオの性に合っていた。

ウンジャやジンペーには感謝しているが、餃子づくりを押しつけてくるのは、耐えられなかった。ウンジャの教え方は厳しく、店を継がせようとしているのは明白だった。家業を継ぐのは話が違う。タミオは、追いかけてくる餃子から逃げたかった。

グンゾーなる父を、ウンジャもジンペーも崇拝している。タミオは何かに付けて自分と比較されるグンゾーに嫌悪感を持ち、血走った目で餃子を食べる人たちが集まる来香園には近づきたくなかった。

街頭テレビで見た『ミロク亭分裂』のニュースが頭をよぎる。どの駅前でも必ず見かけたミロク亭が分裂の危機を迎えているという話を聞くと、やはり餃子に深入りしてもろくなことにはならないという思いが強まった。

行き着いた街での流しの評判もまずまずだった。時折景気の良さそうな連中が、黒いケースに札を入れてくれることもあった。チャーリー・パーカーやジョン・コルトレーンのような音楽にはほど遠かったが、自由に音楽ができるこの生活は、まるで彼らの一員になったような優越感を生んだ。

仙台より先になると、待合室で寝泊まりするのも厳しい寒さになる。事情を話すと、駅員が待合室のストーブをつけっぱなしにしてくれたので、タミオはサクソフォーンの入ったケースを枕に夜を過ごした。明け方、白い息を吐きながら、駅の横にあるトイレで用を足した。待合室の行き先案内を見てみると、青森まであと少しだった。

ここまで来たからには、北海道まで行ってみようか。函館にはジャズクラブがあるだろうか。古い港町だから、音楽が盛んに違いない。まだ見ぬ北海道の、きらびやかな景色を思い描くだけで、タミオの頰がにやけてくる。

自分が眠っていた場所を見返す。汚れた服と飲み物しか入っていないリュック。その横にあるはずの、タミオが枕にしていたサクソフォーンの黒いケースがない。椅子の下にも、駅舎の外にも見当たらない。血の気が引いていき、額から汗が流れ落ちてくる。

タミオは駅舎の外へ飛び出した。駅前にぽつんとよろず屋があるだけ。街と街との隙間にあるような駅。朝の冷たい風が、汗ばむタミオの額に吹き付ける。出口の反対側から、海のにおいがした。藪に覆われている坂道を上っていくと、かすれた管楽器の音が聞こえてくる。タミオは駆け足から忍び足に切り替え、音の鳴る方へ近づいていった。

坂は、岬につながっていた。朝日を浴びてキラキラと輝く波が、タミオから眠気を奪っていく。岩陰から距離を縮めて、タミオは犯人の後ろに立った。

「それは俺のモンだ！　返しやがれ！」

犯人は軍帽をかぶっていた。タミオに怒鳴られて、音が止まる。サイズの合っていない軍帽にジャケット。体格はそれほど大きくない。犯人はゆっくりと振り返ると、海から吹き付けてきた風で軍帽が飛んでいった。

さらさらとした金の長い髪が、姿を現した。朝日を浴びて、虹色の糸のようにきらきらと輝いている。犯人は左手で額を覆った髪の毛を払いのけようとする。白い肌と、青い瞳、長い鼻、氷のような薄い唇。女は美しかったが、目を閉じたら消えてしまいそうな寂しい雰囲気があった。

女はマウスピースを口に当てたままタミオを見ていた。女が持つサクソフォーンの褪せた銀色の輝きは、間違いなくタミオのものだった。タミオは深呼吸をしてから問いかけた。

「持ち出すなら、一言言うのが礼儀ってもんじゃないのか？」

女は何も言わずにタミオを見つめていた。怒ったり泣いたりしてくれれば、反応しがいがあったが、無表情ではとりつくしまもない。一歩だけ近づいてみると、女は目を閉じ、崖の向こうに倒れ込んでいく。

「おいおいおい！」

タミオは慌てて女の身体をつかむ。数歩先は、鋭い岩場が下で待ち構えていた。

「そこまで責めるつもりはねえって」

女の身体は軽く、サクソフォーンを持てたことが奇跡に思えるくらい華奢で、体温も低かった。呼吸が荒く、目を開けていられないくらい疲弊している。

「どこか痛いのか？　日本語わかんないか。ど、どぅーゆーはばあぺいん？　うぇあ？」

米軍のラジオで聞きかじったカタコトの英語で問いかけていくと、女の唇が小さく動いた。

「おお、わかるか？」

タミオは女の口元に耳を近づける。顔が近くなると、花のような香りがした。

「おなか」

聞こえてきたのが日本語だとわかり、タミオは問いかけていく。

「腹が痛いのか？」

ぷるぷると唇を震わせながら、女は息を振り絞って声を出した。

「へった」

タミオは身体からがっくりと力が抜けていく。黒いケースにサクソフォーンをしまい、女の肩に背負わせた。

「ちゃんとつかまってろよ！」

ケースを背負った女をおんぶして駅に歩いて行こうとしたが、タミオは女の古びたリュックに気付き、これも一緒に持っていくことにした。見た目に反してなかなか重さがある。

駅に戻って、よろず屋のシャッターを叩いて呼びかける。

「開けてくれ！　病人がいるんだ！」

店の奥からがたがたと音が聞こえ、白髪頭のおじいさんが、股引《ももひき》姿でシャッターを開けて出てきた。

「急で悪いんだが、暖かい寝床と、簡単な食いものを恵んじゃくれないか。金も、少しならある」

店主のおじいさんは、ばあさんやああ、と家の奥に向かって叫び、二人を招き入れた。

よろず屋は近所の人たちから頼まれた雑貨や生活用品を売って、普段は裏手にある畑を世話していた。畑から戻ってきたおばあさんは愛想がよく、布団と味噌汁を用意してくれた。

女を寝かせている間に、里芋やにんじんの入った味噌汁をごちそうになったタミオが事情を話すと、おじいさんは黒いケースを見た。待ってましたと言わんばかりにタミオはサクソフォーンを取り出して、朝っぱらから演奏を始めた。

タミオの演奏の良し悪しはともかく、サクソフォーンの音に老夫婦は聞き入っていた。

「てえした音が出るもんだぁ」

小さな拍手が起こり、眠っていた女が目を覚ました。談笑するタミオたちをじっと見つめている。

視線に気付いたタミオは声をかけた。

「腹減ってんだろ？　飲め飲め」

女の布団の横に小さなちゃぶ台を寄せて、タミオは味噌汁の入ったお椀を置いた。女はお椀を見下ろしたまま、手をつけようとしない。

「これは味噌汁。具はここんちの畑で取れたモンらしいから、身体にもいいぞ」

毒見をするようにタミオは口をつけて見せたが、女はじっと見つめるだけで何も言わなかった。

「何だってそう黙ってやがるんだ。日本語、ちったあわかるんだろ？」

女は首を左右に動かして、自分が持ってきたリュックを見つけると、指を差した。

「餃子」

タミオは自分の耳を疑った。

「今なんて言った?」

「餃子、食べたい」

外国人の女は、タミオが聞き慣れた餃子という単語を発していた。

リュックの中身が気になったタミオは、中を覗いてみた。

「勘弁してくれよ」

リュックには大きなキャベツとニラ、布の袋に入った小麦粉に塩とこしょうの瓶、竹の葉で包まれた肉が詰まっていた。

「盗みはよくねえよ。俺もついていってやるから、一緒に謝りに行こうぜ」

タミオに何を言われても女は、同じ言葉を繰り返すだけだった。

「餃子、食べたい」

うなだれるタミオを見て、おばあさんも首をかしげた。

「おらは餃子なんて作ったことも食ったこともねえ」

餃子を作るのが嫌で東北に逃げてきたのに、どこまでも餃子が追いかけてくるようだった。二度と餃子作りなどしたくはなかったが、途方に暮れる老夫婦と腹をすかせた女を、これ以上見ていたくなかった。フエばあさん譲りの江戸っ子気質を受け継いでいたタミオは、両膝を叩いて立ち上がった。

女のリュックを持って土間に近づいたタミオは、服の袖をめくって厨房に立った。

「ちょっくら借りるよ」

次々と食材をのせ始めるタミオに、おばあさんは不安そうな表情だった。

「おめ、包丁はあぶねえがら、ばあちゃんがやるよ」

タミオは笑顔を見せて、おばあさんに言った。

「ありがとう、ばあちゃん。俺に任せてくれよ。すぐやっちまうからさ」

タミオは小麦粉にお湯を少しずつ注いで、丹念に練ってから、小さく丸めたお団子を手の付け根で円形に広げ、次々と皮を量産していった。キャベツとニラをみじん切りにして水を出し、塩とこしょうを振った肉も細かく刻んで混ぜ込んでいく。おばあさんは、熱心に混ぜているタミオに、おばあさんがいろんな食材を持ってきた。おばあさんは、自分も何か協力しないと気が済まないらしい。

「じゃあお言葉に甘えて」

タミオが気になったのは、山でとってきたばかりのシイタケだった。まだ水滴が浮かんでいて、そのまま焼いてもおいしそうな鮮度だった。シイタケも混ぜ込んでタネを作り、皮に包み始めた。

「ばあちゃんもやる」

タミオは笑った。

「餃子は堅苦しいもんじゃねえ。キャベツの代わりに白菜でもいいし、牛でも豚でも羊でも、肉なら何でもいい。エビでも違った味わいがあっておいしいんだ」

おばあさんはため息をついた。

「よおく知ってんだなぁ。家の手伝い、ずっとやってたんか?」

タミオは眉間にしわが寄る。

「手伝っているうちに覚えただけだよ」

タミオとおばあさんの餃子づくりを、金髪の女は真剣なまなざしで見つめていた。何度も布団から腹のぐうと鳴る音が聞こえてきた。

鉄鍋に油をひき、よく温まったところで素早く餃子を並べていく。

「手早く並べないと、焼き具合にムラが出ちまうんだ」

蓋の隙間から湯気が立ち上っていく。

「赤子鳴いても蓋とるなってのは、メシも餃子も変わらねえ。目で見えない分、耳と鼻に神経を集中させるんだ。水分がなくなって、皮が焼かれ始めると水のはじける音がだんだんと少なくなっていく。そこから中の具材に火が通るようになると、においが立ってくる」

おばあさんは鉄板に近づいて、鼻をくんくんさせる。

「皮の香ばしさと音をよく確認して、よし、そろそろだな」

ぱっと蓋を開けると、温かい湯気とともに食欲をそそる熱気が家の中へ広がっていった。タミオは木のへらで餃子を皿に盛り付けて、一同に見せた。

「よう焼けとるの」

きつね色の焼き目が付いた餃子を見て、おばあさんは感心した声を上げた。

「醤油と酢をつけるといいよ。さ、熱いうちに食ってくれ」

おばあさんは自分が食べる前に、餃子の皿を金髪の女の前に持っていった。

「はようお食べ」

女は渡された箸を使って慣れた様子で餃子をつまんだ。ふうふうと何度か息を吹きかけて、餃子を冷ます。女はあんぐりと口を開け、一口で餃子を食べてしまった。

これまで表情が乏しかった金髪の女は、口を手で押さえて身体を左右に揺らす。眉根を寄せて、口から何度も息を吐き出していた。

「無理すんな。皿に出してもいいからよ」

タミオから渡された小皿を拒み、女はリスのように口を膨らませて咀嚼を続けた。熱さとの格闘を終え、ごくりと餃子を飲み込むと女は箸を置いた。老夫婦は、女が感想を言うまで餃子を食べなかった。

タミオも、試食がてら一つ口にした。

「シイタケがいい味出してるな」

軽い調子で、二つ目に取りかかろうとしたとき、女がタミオに飛びかかってきた。両腕でしっかりと胴を抱きしめられ、タミオは板の間から土間に倒されてしまう。箸も餃子をのせた小皿も吹っ飛んでいき、振りほどこうとしても女の力は強くなるだけだった。

「なんだってんだ！」

女はタミオの胸に埋めていた顔を上げて、大きな声で叫んだ。

「パーパ！」

女は両目からボロボロと涙をこぼして、唇を震わせている。湧き出てくる疑問を、タミオは一度引っ込めた。

女が泣き止むまでに、しばらく時間がかかった。女が落ち着いたのを見て、タミオは床の間に座らせた。

「腹減ってんだろ。ちゃんと食っとけって」

再び餃子を口にした女は、また泣き出す。タミオは話を切り出した。

「あんた名前はなんて言うんだ？」

鼻を真っ赤にした女は、ぼそりとつぶやいた。

「フェーニャ」

タミオは自分も餃子を食べながら質問を続ける。

「なあ、フェニャ子よ。あんなとこで何してたんだ？」

餃子を一個食べては涙を流して、手で拭うを繰り返してから、フェーニャは話し始めた。

「わたし、パーパを捜してる」

タミオは、おばあさんに問いかけた。

「ばあちゃん、この辺りに基地かなんかあんの？」

「いんや、この辺りはなんもねえよ。ばあちゃんも、金髪の人ははじめて見たぁ」

まだフェーニャの震えは収まっていない。フェーニャを刺激しないよう、タミオはやさしく問いかけていく。

「どこから来たんだ？」

フェーニャのリュックには野菜と肉しか入っていなかった。餃子を背負ってやってきたかのような荷物だった。

「シベリア」

それはタミオが予想していなかった場所だった。

「シベリアって、あの収容所があるところか？」

フェーニャは餃子を口に運びながら続ける。

「パーパ、シベリアで看守してた、元日本兵。ソメイっていうの。ある日、おうちに別の看守きて、パーパ連れて行かれた。パーパ、ソビエト裏切ってると思われた。パーパ、何の秘密も漏らしてないのに、ソビエト、パーパ、許さなかった」

シベリアという言葉を耳にして、タミオに寒気が襲ってきた。

「フェニャ子はソビエトに連れて行かれたっていう、ソメイさんを捜してるのか」

フェーニャは首を横に振った。

「わたしが捜してるのは、もう一人のパーパ。パーパが連れて行かれてから、わたしのお世話してくれた人。二人目のパーパも、日本の捕虜だったけど、そのうちに炊事の仕事もやるようになった。シベリア、ソビエトに従うなら、炊事班にもなれる。ソビエトの人になった日本兵、いっぱいいた」

シベリアからの帰還兵が、すべて歓迎されているわけではなかった。朝鮮戦争の勃発を境に、米ソの対立が浮き彫りになってからは、共産圏へのアレルギーも強まっていった。シベリアからの帰還兵がソビエトのスパイだと見なされることもあって、共産主義と資本主義の対立は日本でも他人事ではなかった。

どちら側につくのかを問いただされるような世の中は、タミオにとって息苦しかった。

「フェニャ子のもう一人のパーパは、できた人なんだな」

フェーニャは同意しなかった。

「パーパ、変な人。餃子に目がない。シベリア、土地が貧しくて、作物育たない。パーパ、シベリアで餃子が食べたくて、いろんなペリメニ、作った。マーマから教わったり、ほかの看守にも感想聞いて、シベリアで一番おいしいペリメニ作るって、言ってた」

シベリアの過酷な環境でも餃子を追い求める捕虜がいたことに、タミオは肩をすくめた。

「どこにも餃子狂いはいるんだな」

そう言いながら、タミオは自分が作った餃子を口へ運んだ。

「ペリメニ、サワークリーム大事。おいしいサワークリームもらうために、近くの牧場へ連れて行ってもらったことがある。雪の原っぱをずっと車で走っていくの、とてもきれい」

フェーニャの表情が和らぎ、雪の輝く景色がタミオの頭に描かれていく。

「その二人目のパーパはどこへ行ったんだ？」

老夫婦は口をもごもごさせながら、餃子を食べていた。

「収容所で、パーパのペリメニ、大人気になった。その評判を聞きつけたモスクワの偉い人がパーパのペリメニを食べに来るとなって、パーパ、たくさんペリメニ準備した。偉い人、どれだけ待っても来なくて、パーパに出頭命令、下った」

タミオは舌打ちをして問いかけた。

「どうしてだ？」

「パーパが認められるの、妬んでた人も、いっぱいいた。パーパ、裏切り者に売られた。パーパ、マーマとわたし連れて、収容所、逃げ出した」

老夫婦は口を閉じたまま、耳を傾けていた。

「収容所近くの駅から列車に乗れば、日本への船、出てるところに着く。三人で乗るはずだったけど、途中で看守たちに見つかって、パーパ、わたしだけ列車に乗せた。わたしに、餃子を求め続けろ、と伝えて離れ離れになった」

駅に到着する汽車の音が、遠くから聞こえてきた。

「港から船に乗って、船倉に隠れてた。木箱にあった果物とか野菜、食べた。日本に着いてから、どこに行ったらいいか分からなくて、しばらくいろんな街をわたり歩いたの」

タミオは頭をかいた。

「どうしたらいいのか俺にゃさっぱり……」

またしてもフェーニャが、タミオに飛びついてきた。

「なんて名前」

「俺はタミオだ！　佐野タミオ！」

フェーニャはタミオの背中に腕を回して、抱きしめてきた。フェーニャはタミオの首をくんくん嗅いでいる。

「タミオ、パーパに似てる。餃子作るときの動き方、そっくり」

学校で友だちができなかったタミオからすると、ここまで他人に近づかれたことはなかった。

「タミオ、パーパ、捜して！」

タミオはしがみつくフェーニャの身体を剝がして、距離をとった。

「俺はサクソフォーンで食っていくために、家を出てきたんだ。おめえの境遇には同情するが、俺にゃどうしようもできねえよ。悪いが、他を当たってくれ」

「どうしてタミオは餃子を作れるの？」

タミオは、渋々白状することにした。

「俺の家は、餃子屋なんだ。東京の大森で、小さな店を開いている」

勢いよく立ち上がろうとしたフェーニャを、タミオは座らせる。

「お店、人気あるの？」

フェーニャだけでなく、老夫婦も問い詰めてきた。

「それなりに繁盛してるんじゃねえか。俺、本当の両親がいなくて、父親の友人夫婦に育てられたんだが、二人は満州や朝鮮で餃子の勉強をしてたんだ。日本に帰ったら、餃子で店をやるつもりだったらしい。同じ時期に始めたミロク亭に、ずいぶん水を開けられたみたいだがな」

「ミロク亭？」

東北の駅にもミロク亭の看板があるほど規模を広げた今、その名を知らぬフェーニャの反応は新鮮だった。

「日本に餃子を広めた大企業さ。ミロク亭も、満州から焼餃子を持ち帰って成功した連中なんだ。その頃の日本人は餃子になじみがなかったから、誰もがうまいと思う味をいち早く研究して業界をリードしているんだ。おかげでうちの店は閑古鳥が鳴いていていてさ」

ウンジャからミロク亭の悪評を散々聞かされていたので、素直に褒めるのはタミオとしても癪だった。

「それで、どうしたの？」

「なんと店で料理教室を始めたんだ。焼餃子の」

「作り方、教えちゃっていいの？」

タミオは笑った。

「ご近所の奥さんたちに餃子の作り方を教えると、仕事から帰ってきた旦那がそれを食ってうまいと評判になる。中華屋で食えると知った旦那は、昼休みに同僚を連れてうちの店にやってきてまた餃子を食う。家との味の違いを、奥さんにそのことを伝え、家庭独自のレシピが開発されるようになり、いつしか餃子という食い物が食卓に広まっていった。なんて話を、俺の親代わりのジンペーってやつから聞かされたよ」

来香園の歴史を、フェーニャは瞬きせずに聞き入っていた。

「俺が二本足で立って、多少なりとも言葉をしゃべれるようになる頃には、うちの店も忙しくなっていたみたいだ。俺に手伝わせなきゃ、店が回らなくなるほどなんだからな」

タミオがため息をつくのを、フェーニャは見逃さなかった。

「うれしくないの？」

「俺の母親代わりのウンジャは、死ぬほど厳しいんだ。手洗いをしっかりしろ、肉の部位を考えて包丁を入れろ、野菜の鮮度を見極めろ、今日の気温と湿度を気にしろ、鉄板は毎日掃除しろ、素手で焼餃子に触れるようになれ。正直言って鬼軍曹だ。俺は、頭ごなしに、あれしろこれしろと言われるのが大っ嫌いなんだ」

「タミオ、餃子作るの、嫌いなの？」

タミオはフェーニャから目をそらした。

「ああ、嫌いだね。俺は身体を動かして、サクソフォーンを吹いたり、旅をしたりする方が性に合っている。日がな一日厨房に引きこもって、肉や野菜を切ってやけどをしながら、おんなじ毎日を繰り返すなんて人生、退屈じゃねえか」

フェーニャはタミオの目を見ようとする。

「タミオは、自由が好き？」

間髪容れずに、タミオは同意する。

「自由が一番。押しつけられたり、縛られたりしながら生きるのは窮屈さ。何事も、楽しくないと」

「タミオ、餃子作ってるとき、楽しそうだったよ」

「はあ？」

驚いたタミオの顔が、フェーニャにはおかしかった。

「おばあちゃんに餃子、教えてたとき、タミオ、にこにこしてた」

「見てたのかよ」

照れくさそうに、タミオは脇腹をかく。

「わたし、人がおいしそうにしている顔見るの、好き。タミオの餃子、楽しさが詰まってる。自分の餃子がおいしいの、タミオ、気付いていない？」

老夫婦もうなずいてくれた。

ウンジャに餃子を褒められたことは、一度もない。厳しい修業に耐えるようになってからは、自分の餃子がおいしいかどうかも、考えなくなっていた。

フェーニャに餃子を褒められて、心がむずむずした。老夫婦がおいしそうに食べてくれた顔が、目に焼き付いている。また餃子に思考を奪われ、邪念を払おうとしたとき、声がした。

「ごめんください」

よろず屋にお客さんがやってきた。さっきの電車に乗ってきたのか、手にカバンを持っている。客は、店の奥にいるタミオを見た途端、荷物を落とした。

「坊ちゃん」

その甘い低音を聞くと、タミオは心臓が高鳴った。かぶっていた帽子を脱ぎ、ジンペーの七三分けが現れる。ジンペーの目尻にはシワが寄り、腕には火傷の痕がいくつも残っている。老夫婦は都会からやってきたハンサムに目を奪われていた。

「ジンペー！　どうしてここに！」

タミオの唯一の心残りは、ジンペーだった。頭の硬いウンジャを支え、祭子夫婦の面倒を見て、毎日店の下準備をこなす縁の下の力持ちを、タミオは一度も煩わしく思ったことはない。ときにタミオをやさしく諭し、ウンジャのことも決して悪く言わず、生活を下支えするジンペーに、黙って家を出たことは、タミオの心のしこりになっていた。

若い頃と変わらない屈強な身体つきや、キビキビとした動き。あのウンジャと共に生活できているのだから、ジンペーはタミオにとって出来すぎた人間だった。殴られても仕方のないことをした。覚悟を決めて、タミオは目を閉じ、頬に力を入れる。

ジンペーがタミオの前で止まり、沈黙が訪れる。フェーニャが二人の間に立とうとしたとき、どさっという音が聞こえて、タミオは目を開けた。彼の目に映ったのは、両手で顔を隠し、膝をついて泣くジンペーの姿だった。

「坊ちゃん……、無事でよかった……」

精悍な男が泣き出したものだから、おばあさんはジンペーに近づいてきて手ぬぐいを渡した。

ジンペーが自分を殴るはずがない。自由にサクソフォーンを吹いて生きていきたい気持ちに嘘はないが、ジンペーを傷つけてまで、好き勝手に生きたいとは言えなかった。

ジンペーの肩に触れて、タミオは声をかけた。

「俺が悪かったよ、ジンペー。何も言わずに家を出て悪かった。もうこんなことは二度としないよ」

おばあさんとフェーニャに付き添われながら、ジンペーは泣きじゃくるのをやめた。

ジンペーは、寄り添ってくれているフェーニャを見た。

「坊ちゃん、こちらのきれいな方は？」

言葉に窮するが、タミオはそのまま伝えるしかなかった。

「こいつはフェーニャ。シベリアからやってきた迷子で、父親を捜している」

「シベリアから？」

ジンペーはフェーニャを見た。

「フェニャ子の父親は、収容所で餃子を振る舞っていた日本人らしい。わけあって、離ればなれになっちまったんだが、いつかうまい餃子があるところに現れるかもしれないと言っててな」

タミオはジンペーに頭を下げた。

「ジンペー、行くあてもないだろうし、フェニャ子をうちに住まわせちゃくれねえだろうか。その代わり、俺が店の手伝いをする。フェニャ子は、俺の餃子をうまいと言ってくれたんだ。もう少し食わせてやらないといけないしな」

ジンペーは店のテーブルに置かれている餃子を見た。旅先で餃子を振る舞っているタミオを想像するだけで、ジンペーは胸が詰まる。

「坊ちゃんから、そんな殊勝な言葉が聞けるなんて……」

再び泣き出しそうになるジンペーを、タミオは慌てて止めた。

「もう泣くなって。大森に帰ろう」

涙を拭いて、ジンペーはフェーニャを見た。

「それにしたって、この子のお父さんって方は、グンゾーさんみたいっすね。収容所でも餃子を作るなんて」

グンゾー、という言葉を耳にして、フェーニャはジンペーに飛びついてきた。

「グンゾー！」

「ど、どうしたんすか？」

急に表情を明るくしたフェーニャに、ジンペーは驚く。

「グンゾー！ パーパの名前！ グンゾー！ パーパ！」

駅から、汽笛の音が聞こえてきた。

第七章　分岐

会社の規模が大きくなるにつれて、ミロク亭は六浦社長の手を離れていった。最近は、取引先の社長とゴルフへ行ったり、銀座のホステスに会いに行ったりすることが主で、久しく自分の手で餃子を作っていない。

皮肉なことに、九鬼軍曹の帰還はミロク亭の拡大を推し進めることになった。昔気質の帝国軍人という、浦島太郎のような九鬼軍曹は、帰国以降、テレビやラジオに引っ張りだこになり、一躍時の人となった。戦争を忘れかけていた日本人にとって、九鬼軍曹の時代遅れさはちょうどいい娯楽であり、雑誌の表紙を飾り、紳士服のコマーシャルにまで顔を出すようになった。

あの帰国会見で、評判はともかく、ミロク亭の名は全国に広がった。店舗は拡大したものの、粗悪な餃子屋という印象を植え付けられたのは六浦社長の本意ではなかった。ゴルフへ行く前に、朝刊を見て、六浦社長は玄関で卒倒しかけた。

「いかがなさいましたか、旦那様」

ゴルフバッグを倒した六浦社長に、家政婦が近づいてくる。寝室から元女優の妻が騒ぎを耳にして顔を出したが、興味なさそうにベッドへ戻っていった。

「これを見ろ！」

六浦社長は震える手で、新聞にでかでかと掲載された広告を見せてきた。

『九鬼軍曹の命を救った餃子　ついに日本上陸！　シベリア食堂、本日開店！』

見出しに加えて、軍服姿の九鬼軍曹、焼餃子、ペリメニやボルシチといったソビエトの料理の写真も掲載されていた。

六浦社長に最も火をつけたのは、あの九鬼軍曹が店を開くという事実を、今日の今日まで知らされていなかったことだった。日本の餃子業界の第一線を突き進むミロク亭ともなれば、新規店舗の噂は、必ず誰かが聞きつけてくる。ライバル店の近くに急遽出店して、閉店に追い込むケースもあり、ミロク亭の近くに出店することは宣戦布告を意味していた。

新聞を叩きつけた六浦社長は、自分の部屋に戻って、家政婦にスーツの準備をさせた。急いで着替えを終え、部屋を出ようとすると、妻がベッドから顔を出さずに声をかけてくる。

「もう少し静かにできないの」

ほとんど会話がなくなっていた夫婦だが、このときばかりは六浦社長も声を上げた。

「会社に行く！　一大事だ！」

その言葉を聞く前に、妻は二度目の眠りについていた。

ミロク亭は新宿に本社ビルを建てており、一階には創業の地から移転した本店が入っている。社長室に向かうと秘書が待っていた。電話も入れずに出社したものだから、引っ込み思案な若い女性秘書は手帳を見返している。

「今日はゴルフのはずでは？」

「御前会議だ」

都心を一望できる椅子に、六浦社長は腰掛けた。御前会議と聞いて、若い女性秘書はペンを落としそうになる。

「い、今からですか？」

「二度は言わんぞ」

女性秘書は問い直す。

「副社長はゴルフへ向かわれました。経理部長は出社済みですが、総務部長は日本橋で会議、開発部長は大学での講演会が入っていて、製造部長は今朝から茨城に出張しています。広報部長は……どこにいるんでしょうか」

六浦社長の怒鳴り声が返ってきた。

「早くしろ！」

正午前になり、酔っ払いかけたイソが最後にやってきて創業メンバーが勢ぞろいした。

「御前会議をするなら早めに言っておいてくださいよ。おれもこう見えて、結構忙しいんですよお？」

一同は目を疑った。イソが、シベリア食堂本日開店と書かれたハチマキを巻いて、店のメニューを載せた大量のビラを持っていたからだ。

六浦社長は、椅子から飛び上がって、イソの胸ぐらをつかんだ。

「どういうつもりだ！　あの亡霊に店をたきつけたのは、お前だろ！」

ダッシュとブンシが慌てて六浦社長を止めるが、六浦社長の怒りが収まる気配はない。

床に落ちたビラを拾い上げて、リンがビラを読み上げた。

「シベリア食堂、本日オープン。シベリアで九鬼軍曹を支えた魂の餃子、満を持して日本上陸。一口食べれば、戦争を忘れた諸兄に、苦境を生き抜いた英雄の尊さがよみがえるだろう……。なんだか食欲がわかないチラシだな」

六浦社長の手を押しのけて、イソはへらへらと笑った。

「何怒ってるんですか、社長。九鬼軍曹が店を始めただけのことじゃないですか」

その言葉が余計に社長をいらつかせた。

「なんで敵の店舗の支援をしてんだってことを聞いてんだよ！　お前、この一件、端から全部加担してやがるな？　どうして今の今まで黙っていやがった！」

イソは社長の机にビラを一枚置いた。

「その方が驚くじゃないですか。おれぁ、人をびっくりさせるのが仕事なモンで」

イソの挑発に乗るつもりはなかったが、六浦社長の顔は紅潮していく。看過できなかったダッシュが問いかける。

「社長に無断でライバル店を生み出すなど、前代未聞だ。理由を説明しろ」

プレゼンの機会がやってきて、イソは両手を広げた。

「それはですねえ、このままだとミロク亭は潰れちまうからです」

六浦社長はダッシュとブンシを振り払って、イソに殴りかかろうとする。

「落ち着いてください、社長！　どういうことなんだ、イソ？」

今度はブンシが猛獣をなだめながら問いかける。イソは窓から都心を見下ろした。雲ひとつない青空が広がり、武蔵野の奥には山々が見える。

「ライバルがいなきゃ、英雄も皇帝も、ふぬけになっちまうんでさあ。どんな帝国も必ず滅びて、新しい国が生まれる。企業だって、同じことでさあ。大抵は敵に滅ぼされるんじゃなくて、腐敗して自滅していくもんです」

イソの声が一段低くなった。口八丁の戦災孤児は、立場を得て人の心をくすぐる話術を心得るようになっていた。

「じきに、ミロク亭の餃子は飽きられてきますよ。物珍しさで興味を引ける時期は終わったんでさあ。店舗を広げていけば、作り手の教育が行き届かなくなって、質も下がっていく。人材も、まるっきり足りません。ミロク亭は今、頂上から滑り落ちていくのか、さらに新しい山を見つけるのかの、境にいるんでさあ」

イソの分析は、いくつもの問題点を提示していた。ミロク亭全体での売り上げは伸びているが、古くからの店舗では伸びが収まりつつある。増えた店舗の流行が一段落したあとのことを、イソは思案していた。

六浦社長は、イソがシベリア食堂のハチマキを取らないことが気に入らなかった。

「それと、あの亡霊に手を貸すことに何の関係がある！」

イソは手でひさしを作って、日光を遮りながら遠くの山を見た。

「おれぁ、九鬼軍曹の影響力を、見過ごせないと思ったんでさあ。生中継での評価だって、結果的に見ればよりミロク亭を知らしめることになったんですから、怪我の功名ってやつでさあ。九鬼軍曹も、シベリアでの抑留時代に餃子の鍛錬をなさっていたそうじゃないですかあ。これからのミロク亭にふさわしいライバルは、九鬼軍曹の店以外に考えられませんぜえ！」

ミロク亭で培った餃子屋経営のノウハウを、九鬼軍曹の新しい店で実験する。それがイソの狙いだった。

「今日開店だってのに、九鬼軍曹の店は、大行列でしたぜ！　こりゃあ、ミロク亭にとっても、素晴らしい当て馬が出てきたってわけでさあ！」

六浦社長が殴りかかろうとする前に、ダッシュの右手がイソの頬を殴打していた。

「なにするんだよお、総務部長さん」

殴られても、イソは笑いを引っ込めようとはしなかった。ブンシに止められながら、ダッシュはイソに言った。

「社長に恥をかかせたあの亡霊に手を貸すなど、言語道断。心の底から社長を敬愛していれば、あんな軍国主義の残滓《ざんし》と手を組むなど考えられない」

イソは自分の頬を優しく撫でた。

「敵か味方かなんて考え方で世の中を眺めていたら、ものを売る機会を見過ごすだけでさあ。ミロク亭は、味やこだわりでは勝負できなくなってくるからこそ、いろんな手法で注目してもらわなきゃ、世間からそっぽを向かれちまう。総務部長のように、世間はのんびりしちゃくれねえのさ」

ダッシュは沈黙する創業メンバーたちを見た。

「宣伝部長の行動は、ミロク亭への背信行為だ！　僕らはこれからも、ミロク亭の繁栄のために知恵を絞り、手を取り合って、店舗を広げていく。僕らのミロク亭だけが、日本の餃子のトップであり続けなければならない！　ミロク亭の創業メンバーならば、宣伝部長の裏切りは、糾弾しなければならない！」

語気を強めて演説したダッシュは、社長へ直訴した。

「社長！　宣伝部長の解任と、謹慎を進言いたします！」

創業メンバーの沈黙は続く。怒っていた六浦社長でさえ、腕を組んでいた。ダッシュは、静まりかえる一同を奮い立たせるように声を上げる。

「なぜ黙っている！　この男は、自分が話題の中心にいられれば、恩人だろうと売りさばく、扇動者だ！」

痛いほどの沈黙のあと、ビラを持ったリンが口を開いた。

「ミロク亭に野菜を出荷してくれる農家は、数を増やしている。農家の数が増えれば、仕入れの値段も下げられるし、凶作の場合の替えもきく。ほかにも餃子屋が増えれば、農家の経済規模が広がることで、仕入れができなくなるという可能性は減る。ミロク亭は関東近郊の農家の未来も、握っているんだ。ライバル店が増えることで、あたしらにも恩恵が生まれる点は、無視できない」

北は北海道から南は鹿児島まで、ミロク亭に興味を持ってくれる農家には必ず会いに行き、食材を探しに日本中を飛び回っていたリンからすれば、餃子屋の事業は自分たちだけのものではなかった。

ミカは持ち込んだ書類に目を落としながら言う。

「植民地政策に限界があるのは、事実です。ミロク亭の強みはマニュアルが整備されている点ですが、それが遵守されているかを確認するにはあまりにも領地が広すぎます。新規店舗の影響力を無視して、うちはうちというやり方を続ければ、いつの間にか孤島に流されているかもしれません。広報部長のやり方はともかく、新しいメニューの開発をもっと行う必要はあるでしょう」

まさかリンとミカがイソの話に耳を傾けるとは思わず、ダッシュは拳を握りしめた。

「宣伝部長のやり方を黙認しろというのか？」

威圧するダッシュに、ブンシが待ったをかけた。

「クールになれって。これまでも宣伝部長の破天荒なやり方を、会社のためだと思って採用してきたじゃないか。九鬼軍曹の一件以降、テレビやラジオがミロク亭を特集してくれている。残酷な世間の目をなんとか集めようと、宣伝部長は必死なのさ」

ブンシだけは味方になってくれると思っていたダッシュは、腹の虫が治まらない。

「社長を晒し者にしても、売り上げにつながればかまわないのか？　そんな自分を安売りするのは、金に目がくらんだ下衆のやり方だ！　僕らのミロク亭を、あんな亡霊に蹂躙《じゅうりん》されて、どうしてそんな平然としていられる？　社長や、ミロク亭への恩義があったら、宣伝部長のやり方を断罪して当然だろう！」

イソは笑みを浮かべたままだった。

「ミロク亭は、会社なんだ。発展させなければ、なくなっちまうもろい場所。業績の良さにあぐらをかいてたら、足をすくわれる。私刑に走っているような余裕なんてねえのさ。まさかそんなことにも気付いてないたあ」

また手が出かけたダッシュを止めたのは、六浦社長の一喝だった。

「もういい！」

いつの間にか椅子に座っていた六浦社長は、イソを見た。

「イソ、お前にはミロク亭をここまで飛躍させた実績がある。それを否定するつもりはねえが……」

六浦社長は机を力一杯叩いた。

「あのジジイだけは、許せねぇ！　俺の情けを、仇で返しやがって！　世の中が、ジジイの味方をして、ミロク亭を成金だと馬鹿にするようになっても、俺は耐えてきた。会社のためなら、道化になろうと覚悟も決めたさ」

ダッシュは六浦社長の眉間にしわが寄るのを見て、涙が出そうになる。

「餃子の世界にやってくるとなれば話は別だ！　あのジジイに手を貸すことだけは、絶対に許さん！　それが嫌なら、ミロク亭を去れ！」

事実上の解雇を言い渡されているにもかかわらず、イソの笑いが引っ込むことはない。

「これはミロク亭のためなんですぜ」

「戦場を知らんお前に、わかることじゃねえ！」

「そうですか」

イソは珍しく頭を下げて、部屋を出て行こうとした。ブンシとミカがイソを止めようとする中、沈黙を貫いてきた三条副社長が口を開いた。

「待ちなよ、宣伝部長」

自分より背が高くなったイソを見上げながら、三条副社長は言った。

「君が辞めるなら、僕も付き合うよ」

三条副社長の辞意表明に、六浦社長の頭が再度沸騰する。

「何を言ってやがる！」

ダッシュは副社長に詰め寄っていく。

「どういうつもりですか、副社長！」

三条副社長は柔らかい笑顔を浮かべていた。

「ミロク亭がここまで大きくなったのは、みんなのおかげだ。僕と社長だけだったら、ここまではたどり着けなかった。ありがとう」

「これから、もっとミロク亭は大きくなるんです！」

ダッシュは半泣きになりながら訴えたが、三条副社長は首を横に振った。

「僕は死に場所を探しているんだ。ミロク亭の業務に没頭したのだって、いつかは過労で死ぬと思ったのに、今じゃ会社の副社長になって、使い道のない金が増えていく。そんなもの、僕はいらないんだ」

ぽつぽつと語る三条副社長を前に、誰も何も言えなくなる。

「九鬼軍曹は、最悪の星に愛されている。軍曹殿の近くにいたときは、いつも死が物陰から僕を見ていたんだ。君だけ、危ない橋を渡るなんてずるいよ、イソ。今度こそ、僕は軍曹殿に入れ込んでいる死神を振り向かせるんだ」

三条副社長が常日頃死にたいと口にしていたのは、決して嘘ではない。最悪のタイミングで副社長の願いが叶いそうになり、六浦社長は机を蹴った。

「裏切るつもりか！」

イソは手で鼻をこすった。

「おれぁ死ぬ気はありませんぜ」

三条副社長は笑った。

「地獄を生き抜いてきた君と、九鬼軍曹が手を結ぶとき、どんな終末が訪れるのか。その爆風に、僕は焼かれていたい」

六浦社長は、午後の日差しを浴びながら叫んだ。

「お前ら、必ず後悔させてやる！」

イソが予言したように、敵は外ではなく、内からやってきた。

「食中毒が出た？」

その一報を、ダッシュは家に帰ったあと、秘書からの電話で聞かされた。食中毒を出した店は、店舗拡大で新たに開店した場所だった。人員を割けず、マニュアルを送りつけるだけで開業した店なので、客からも他店に比べて味が悪いと苦情を受けていた矢先の出来事だった。

保健所から指導を受けて、数日の営業停止を食らい、ダッシュは早くも撤退を考えた。人材が集まらなければ店じまいにしてもいいし、昔からミロク亭で腹を壊した客は何人もいた。今更食中毒を出したところで、どうということはない。

それだけで、話は終わらなかった。食中毒を出す店舗がその翌日以降も増えていき、風向きは変わっていった。食中毒問題は、メディアにとって格好の標的だった。

「あの亡霊が、うちの店の餃子に毒を混ぜやがったんだ!」

六浦社長は、九鬼軍曹による犯行だと決めつけていたが、ダッシュたちは対応に追われた。これまでは、イソが窓口となり、社員に箝口令《かんこうれい》を敷くことができたが、今は広げすぎた店舗の社員の口を黙らせることが、誰にもできなかった。事件を起こした店長の実家に記者が押しかけ、ミロク亭のずさんな衛生管理が明らかにされていった。

ミロク亭の会見は、延焼を招いた。ダッシュが矢面に立ったものの、全店舗の営業停止は行わず、該当店舗だけの閉店と運営見直しを宣言したが、その翌日にも新しい店舗で食中毒が見つかり、ミロク亭への批判を強めた。

警察の捜査の結果、安価で買い叩いた野菜に、毒性の高い農薬が使われていることが発覚し、全店での営業停止が決まった。食中毒で数名の死者が出たことにより、不手際という規模では収まらず、連日六浦社長やダッシュの後ろを新聞やテレビのカメラマンが追いかけてきた。被害者たちに集団訴訟を起こされ、ミロク亭は一企業として岐路に立たされた。

新宿のホテルで、弁護士と打ち合わせを行うダッシュの前に、一度だけイソが姿を現したことがあった。

「何をしにきた」

誰も通すなと言っておいたのに、イソはダッシュの前に立っていた。お前の防壁など、いくらでもすり抜けられるぞとでも言うように。ダッシュは資料を抱えた鞄を持ち上げたが、珍しくイソに笑顔はない。

「早急に、和解したほうがいいぜえ」

イソの忠告をダッシュははねのけた。

「うちも被害者だ。あんな劣悪な野菜を売りつけてくるなんて。集団訴訟の連中は、言いがかりでミロク亭だけに責任を追及してくるが、あの農家が元凶なんだ。なんとしてもけじめをつけさせる」

イソはかんでいたガムをちり紙に吐き出した。

「こらあもう、餃子業界全体の危機だ。おまえらが裁判を続ければ続けるほど、餃子の印象が悪くなる。うちの売り上げもガタ落ちだ。みんな、餃子を食うと腹を壊すという先入観を、持ち始めた。悪いこたあ言わねえ、この勝負は降りろ。金や弁護士に苦労してるなら、おれが紹介してやってもいい」

ダッシュの口角が上がった。

「ほかの餃子屋がすべて潰れてくれたら、僕らの一人勝ちじゃないか。ミロク亭の勝利を祈っていてくれ」

その場を去ろうとしたダッシュの肩を、イソがつかんできた。

「おまえのやっていることたあ、ミロク亭の死を招く」

「僕は会社を守るために戦っている！　六浦社長の顔に泥を塗ったお前が、何を今更偉そうに！」

ここまで引っ込めていた笑みが、イソの顔に浮かんできた。

「そうか。なら、達者でなあ」

仕入れの責任者だったリンは、事件が発覚してから精神に異常を来し、裁判が始まると仕事を続けられなくなった。

「あたしのせいで、他の農家まで白い目で見られるようになったんだ」

食中毒の問題は、リンだけが責任をとれば解決するものではない。会社全体に衛生倫理が欠如していたからだったが、リンは自責の念に耐えきれず、ミロク亭を退社した。

リンを見捨てるほど、ミカは薄情ではなかった。部屋に閉じこもって、水しか飲まなくなったリンに毎日会いに行き、経理部長の仕事は部下たちに任せるようになった。

「君に、今現場を離れられるのは困る。裁判と業務の見直しの両翼を担えるのは君しかいないんだ」

ダッシュに言われて、さすがのミカも声を荒らげた。

「今のミロク亭に翼は二つもいりません。どちらかの翼をたたむべきです。それが裁判の翼だというのは、はっきりしています」

「ミロク亭の名誉のために、この裁判で負けるわけにはいかない」

裁判は、勝ち負けが決まればいいというものでもない。準備には膨大な時間がかかり、判決が出たとしても控訴すればさらに時間がかかる。その間に人は年を重ね、心は疲弊していく。リンが痩せ細っていくにつれ、この裁判には暗雲が立ち込めていた。

これまで黙っていたことが、ミカの口から漏れた。

「ダッシュ、仕事をしている私たちは人間なんです。ミロク亭の社員は、あなたの思い通りに動く人形ではなく、喜んだり悲しんだりする人間なんですよ？　裁判の準備に勤しむ前に、リンの話し相手になってあげたり、休暇を与えたり、あの子に寄り添ってあげるやり方だってあったはずです」

ダッシュは首を振った。

「リンをいくつだと思っているんだ？　失敗をしたからといって、甘やかしていたら、時間がいくらあっても足りない」

「リンは手をかければかける分だけ、結果を残してくれる子でもありました。イソのこともそうですが、あなたは自分の思い通りにならない人間の個性を、尊重しませんよね？　会社の利益ばかり優先して、働く人間の気持ちを知ろうとしない」

「僕らは金を稼ぐ集団だ。利益を優先して何が悪い。会社をさらに発展させるために、合理的な判断をするのが僕の仕事だ」

この議論が平行線をたどるのは、ミカも経験済みだった。自分の思いがうまく言葉にならないことも、ミカはもどかしかった。

「昔のあなたはもっと、適材適所の判断が行えました。今のあなたには、他人に歩み寄るという気が一切ありません」

ここまで言われても、ダッシュは肩をすくめるだけだった。

「すべてはミロク亭のためだ」

リンとの田舎への移住を決意して、ミカはミロク亭を去っていった。ブンシだけ最後までダッシュを支えていたのは、今までも兄貴分として接してきたからだった。

ミロク亭は訴訟の裏で、店舗が月を追うごとに減っていった。売り上げは赤字に転じ、従業員のリストラや、営業規模の見直しなど、立て直しが求められる段階に入っていた。

いつしか訴訟にこだわるダッシュが、少数派になっていた。創業メンバーが抜けた責任はダッシュにあるという意見が、社員の間で指摘されるようになり、裁判の継続は暗礁に乗り上げようとしていた。

裁判は、判決が下る一日前に結論が出ていた。それは、誰よりも裁判で勝つつもりでいた六浦社長が、脳卒中で倒れたからだった。大将が倒れたとあっては、これ以上戦い続ける理由はない。判決はミロク亭の敗訴を告げていたが、会社にとってそれは問題ではない。六浦社長が表舞台に立てなくなった今、新体制の組閣が急ピッチで行われることになった。

社長代理の役職を設けることが決まり、選挙が行われたが、ダッシュに票を入れたのは、本人とブンシだけで、選ばれたのは創業メンバーを一掃しようと画策していた男だった。

事実上のクーデターは、六浦社長が倒れる以前から計画されており、本来は敗訴の責任をとる形でダッシュの弾劾を行う予定だったが、裁判は望み通りに負け、口うるさい六浦社長は倒れ、千載一遇のチャンスをものにすることとなった。

開票後、ダッシュは役員に怒鳴り散らした。

「君たちだけで何ができる？　こんな選挙は不当だ。社長が許すはずがない！」

反ダッシュ派の役員たちは、黙って耳を傾けていた。同じく政争に敗れたブンシは、ダッシュの肩をつかんで、会議室を共に出た。

部屋をあとにしても、ダッシュの怒りは収まらなかった。

「今、僕がいなければ裁判の継続も、六浦社長の意図を汲むのも、今後の経営も、舵が取れなくなる！　やつらめ、座り心地のよい椅子の選び方だけは熟知している、寄生虫だ！　今すぐ社長の下へ行って、選挙の無効を進言しなければ……」

ブンシは新宿の街を見ながら息を吐いた。

「私たちは負けたんだよ」

ダッシュは窓を殴った。

「会社のために尽くしてきた僕らが、なぜ権力のことしか考えていないやつらに追い出されなければならない？」

汗だくになっているダッシュに気付いた秘書が近づいてきたので、ブンシはウィスキーを持ってくるように頼んだ。秘書が持ってきたウィスキーは、生温かい。グラスの半分くらい入っていたウィスキーを、ブンシは一気に飲み干した。焼けるような息が、ブンシの口や鼻から漏れていく。

「嵐が家屋をなぎ倒していくようなもので、私たちにはもはやどうにもできないことなんだ。そういう潮目になったんだよ」

ブンシは歯がみするダッシュを見た。

「私も君も、充分すぎるくらいミロク亭には義を尽くした」

ダッシュはブンシの腕をつかんだ。

「まさか、君まで辞めないだろうな?」

ダッシュの表情は、まるで自分を捨てていく母親を見るようだった。

「自分の身の振り方は、わきまえているつもりだ。ダッシュ、君も来い。餃子の可能性はまだ、閉ざされてはいない。私には餃子を世界に売る野望がある。アメリカの知り合いに、餃子に興味を持っている人間がいる。君にも力を貸してほしい」

ダッシュは熱いものにでも触れたときのように、ぱっとブンシの手を離した。

「君まで、ミロク亭を裏切るのか?」

ダッシュの目が、家族を殺された者のように変わった。ブンシはダッシュのいびつな瞳から目をそらさずに言った。

「生まれ育った巣を離れることを、裏切りとは言わない。巣立ちと言うんだ。私も君も、ミロク亭という巣を、離れるときがやってきたんだ」

ダッシュは、首を何度も横に振った。目から涙があふれ、ブンシの足にしがみついた。

「僕らにはミロク亭しかなかったはずだ！　ここには、何もなかった僕らのすべてが詰まっている。ミロク亭がなかったら、僕は、僕じゃいられなくなるんだ！」

「いつかまた、私を頼ってくれ。元気でな、ダッシュ」

翌日、ブンシはミロク亭を退社し、新しく就任した社長代理はダッシュのこれまでの功績をたたえ、新設された食糧管理部門の部長にダッシュを任命した。やる仕事と言えば田舎の広い倉庫で、はんこを押すだけだった。ダッシュはその辞令を受け入れた。

新体制の旧体制排除は徹底していた。ミカが黙認していたダッシュの経費濫用に目をつけた新体制は、経営悪化の一端が前総務部長の背任にあるとして、ダッシュに解雇通告を行ったのである。ミロク亭という企業をクリーンにするために、世間に刷新をアピールする狙いもあった。

ダッシュは不当解雇を主張して、裁判を起こし、泥沼化していったが、もはや世間はミロク亭のお家騒動に飽き、メディアは特に何も報じなくなっていた。

ミロク亭を取り戻すために戦い続けるべく、ダッシュは、療養中の六浦社長へ会いに行った。六浦社長が入院する病院は、ミロク亭から雇われた警護が目を光らせていたが、ダッシュは深夜、となりのビルから飛び移って侵入し、枕元にまでたどり着いていた。

人の気配で目を覚ました六浦社長は、真っ暗な病室の隅にダッシュの姿を見て、喉が詰まったような声を上げた。ダッシュは、むせた六浦社長の背中をさすろうとする。

「大丈夫ですか、社長」

病室に置かれた花は枯れかけていて、果物も手紙も見当たらない。ダッシュは六浦社長を慰めるように語りかける。

「僕は今、反逆者たちに、ミロク亭を追い出されそうになっているんです。再び六浦社長に復帰してもらい、またミロク亭を日本一の餃子屋にしていこうじゃありませんか。ほかのやつらが裏切ろうと、僕だけは決してミロク亭を離れはしませんから」

震えが残る六浦社長の手に触れて、ダッシュは力強く言った。脳卒中の後遺症により、六浦社長は右半身に麻痺が残っている。深夜にいきなり手をつかまれた六浦社長は、失禁していた。

六浦社長は口を動かすのに苦労しながらも、なんとか大きな声を出そうとした。

「だ、っしゅ」

久々に聞いた六浦社長の声に、ダッシュは胸が熱くなる。

「僕はここにいますよ、社長」

手を離さず、ダッシュは何度もうなずいた。

「だ、っしゅ。てめ、ぇ。みろくて、いを、つぶすき、か」

六浦社長の目は、真っ赤になっていた。全身が震え、よだれが口角からあふれ出て泡になっていた。

「何を言っているんですか！ 僕は、ミロク亭を守るために、戦っているんですよ！」

ダッシュは宣言したが、六浦社長は泡だらけになった口から、言葉を吐き出した。

「こ、の、おやふこ、うもの、が！」

六浦社長は自由の利く左手で、ナースコールを押していた。愛想のない電子音が鳴り響き、病室に足音が近づいてくる。

六浦社長まで、自分をミロク亭から追い出そうとしている。立ち上がったダッシュに、六浦社長は追い打ちをかける。

「お、れのまえか、らきえ、ろ！　や、くびょうが、みが！」

ダッシュは病室から駆け出していた。後ろから看護婦の声がする。警官の声がする。誰かの声がする。幼い頃に上野の闇夜を駆け抜け、ダッシュと名付けられた少年は、久しぶりに何かから逃げるように走り出した、

どこかの街の裏路地で、ダッシュは動けなくなった。腹は減らないし、何もする気が起きない。何度か親切な人に声をかけられたが、目が見えなくなって、身体が汚れきってしまうと、ダッシュに近づいてくる人間はいなくなっていた。

ふらつく足でたどり着いた先は、海だった。どこの海なのかはわからない。波の音が擦り切れたダッシュの心に優しく響く。もっとその音を聞いていたいと歩を進めた瞬間、ダッシュの体は海に沈んでいった。

戦後の路地では、多くの子供たちが飢えて死んでいった。居場所を失うのがこれほどまで苦しいのなら、何も持てないまま死んでいった方が、幸せだったのかもしれない。海の底にたどり着き、魚や貝の餌になれば、少しは自分が生まれてきた意味がある。

水の感覚がなくなり、息苦しさの代わりに訪れたのは、柔らかいベッドのような感触だった。比喩でも何でもない。ベッドに眠っている。シーツを剥いで、辺りを見回そう

とするが、まぶたが重くて目が開かない。奥から、香ばしいにおいが漂ってくる。空腹などとうに忘れていたはずなのに、無性に腹が減ってきた。

「目を開いてはなりません」

女の声がした。聞き慣れない、落ち着いた女の声だ。返事をできずにいると、女はさらに語りかけてくる。

「口を開けなさい」

香ばしいにおいの正体が、ダッシュにはわかった。この生地が焦げるようなにおい、熱した油が香ってくる風味。

なぜこんなときに、焼餃子が。疑問を口にするよりも先に、ダッシュの口が開いていった。

第八章　出家

夜の大森海岸に、サクソフォーンの音が響いていた。来香園の営業が終わると、タミオは店を掃除してから、鞄を背負い、自転車で海岸まで向かう。海苔の養殖場から埋め立て地に姿を変えた大森の海岸で、タミオはフェーニャを連れてサクソフォーンの練習をするのが日課だった。

高校には行かない。タミオがその決断を下すのに、時間は必要なかった。散々心配をかけたタミオの家出を、ウンジャは季節が変わるまで許してくれなかったが、彼にとっては大きな旅だった。

なぜ、ウンジャもジンペーも、まだ見ぬグンゾーも、餃子に執着するのか。これまでは、ただの食べ物に過ぎなかった餃子がきっかけで、フェーニャと出会ったことによって、彼らがこだわる理由の一端を覗いた。

餃子には、縁を結ぶ力がある。餃子を作り続ければ、どんな縁が待っているのか。冒険心の行き場を求めていたタミオにとって、餃子の道には幾多の出会いが待っていると予感させた。

自分の意思で餃子を作るようになってからは、ウンジャの注意がただの小言ではなく、意味のある指摘に変わった。自分ではよくできたはずなのに、なぜ合格にならないのかを分析するようになると、タミオは餃子職人の見習いに姿を変えていった。

大森で餃子といえば来香園と言われるほど、店の評判は上々だった。他の中華屋は餃子だけでなく、ラーメンやチャーハン、回鍋肉《ホイコーロー》に八宝菜といったメニューを増やす中、餃子と酒しかない来香園が支持されていたのは、持ち帰りの生餃子を始めたからだった。大森がベッドタウンとして発展するようになると、忙しい母親たちにとって、来香園の生餃子は自宅で焼くだけで立派な夜ご飯になったので、重宝された。

持ち帰りの餃子を提案したのは、タミオだった。昼から夕方にかけて買い物客を逃すのは惜しく、来香園の餃子を家でも食べられるという触れ込みのもと、店先で売るようになると、評判を聞きつけて主婦が地獄谷に足を運ぶようになった。

当初、ウンジャは持ち帰りに反対していた。

「家のフライパンじゃ火力も弱いし、焼き方が下手なせいで、うちの餃子がたいしたことないと思われたら、逆効果じゃない」

かつて家ではフエが保守的な立場を貫いていたが、彼女が世を去ると最も対立していたはずのウンジャが、新しいものに対して警戒心を示すようになっていた。

「作り方の紙を同封すればいいじゃねえか。ウンジャが餃子教室を始めたのだって、餃子をもっと知ってほしいって思ったからなんだろ？　大森の人たちは、舌が肥えてるからこそ、家でもうちの餃子を食って、もっと来香園を好きになってもらうのは悪いことじゃないだろ」

必死に食い下がろうとするタミオを、ジンペーは黙って見つめていた。あれだけ餃子を嫌がっていたタミオが、今ではウンジャに様々な提案をしている様子は、逆境をはねのけながら餃子を求め続けたグンゾーの生き写しのようであった。持ち帰り餃子の文化は着実に浸透し、売り上げも伸びたのでウンジャも文句は言わなくなったが、タミオはまだ満足していなかった。

餃子をもっと世に広めるために、自分に何ができるのだろう。考えを整理したくなると、いつも海岸でサクソフォーンを吹くようにしていた。

最近は、新しい餃子の味はどうしようとか、来香園をチェーン展開したらどうなるのかとか、もっと広く売るためにはどういう形態が正しいのだろうとか、餃子に関することばかり考えている。

すっかり餃子にとりつかれちまってやがる。タミオは自分に呆れたが、悪い気分ではなかった。面白いと思う方に、進んでいこう。考えるのをやめてサクソフォーンに息を吹き込むと、いつもより音が出た。

演奏を終え、タミオは呼びかけた。

「あんま遠くに行くなよ」

東京の暮らしに慣れてきても、フェーニャからタミオは目が離せなかった。買い物に出かければ、勝手に店に入ってしまうし、珍しい商品をいつの間にか買い物かごに入れてくる。大人しそうに見えて、思い立ったらどこへでも行ってしまうからこそ、一緒にいて退屈しなかった。

海岸から、甲高い悲鳴が聞こえてきた。

「どうした！」

サクソフォーンをほっぽり出して、タミオは砂浜へ駆けていった。テトラポッドの近くで、フェーニャは座り込んでいる。

「あ、あれ……」

フェーニャが指さす先に、大量のわかめに絡まった何かが流れ着いていた。空き缶やヘドロにまみれて、丸太のようなものが横たわっている。

タミオが重なったわかめを剝ぎ取ってみると、スーツを着た男が姿を現した。

「げえっ！　どざえもんじゃねえか！」

フェーニャは息を吞んだが、タミオは死体に顔を近づけて、首筋に触れた。かすかだが、ぬくもりがある。

「おい！　しっかりしろ！」

何度か頰をはたくと、反応があった。タミオの行動は速かった。

「フェニャ子！　チャリ、ここまで運んでこい！」

どざえもんを自転車の荷台に載せ、タミオは家へ向かった。

最近は、早起きしたタミオが市場に顔を出すことも多かったが、それにしても厨房が騒がしかった。ウンジャの隣で寝ていたジンペーは、目をこすりながら起きた。

「何事すかあ？」

「一喝してやるわ」

遅くまで仕込みをしていたので、ウンジャは抗議するように足音を立てながら一階へ下りていった。玄関でわめいているフェーニャとタミオを見つけて、ウンジャは怒鳴り散らした。

「何時だと思ってんのよ！ ふざけてないで早く寝なさい！」

おかんむりのウンジャを見て、フェーニャが抱きついてきた。

「ウンジャ、どざえもん、見つけちゃった」

また変な日本語を覚えたフェーニャに、意味を問い直そうとすると、濡れた男を抱えたタミオが言った。

「お湯と何か拭くもの、それに布団、用意してくれ！ ジンペー、いいところにきた！ こいつ、運ぶの手伝ってくれ！」

寝間着を直しながら近づいてきたジンペーは、ぎょっと声を上げる。

「坊ちゃん！ なんすかこれ！」

それからは、ちゃぶ台をひっくり返したような騒ぎだった。

「アタシ、言ったわよね。何でもかんでも拾ってくるんじゃないって」

どざえもんになりかけていた男を布団に寝かせると、ウンジャはタミオとフェーニャを正座させた。なぜかジンペーまで正座させられている。

「ごめんなさい」

タミオに注意したはずだったが、フェーニャが謝っていた。フェーニャのしょんぼりしきった姿に、ウンジャも語気が弱まる。

「アンタに言ったわけじゃないの。アタシは、この家を騒がしくしないと気が済まない男に言ってるわけ。アタシはチンドン屋に育てた覚えはないんだけど？」

タミオは笑った。

「ウンジャだって、海でどざえもんを見つけたら助けるだろう？」

「だいたい、こいつ何者なのよ？　海に沈みかけていたんだから、どうせヤクザに使い捨てられた鉄砲玉か何かでしょ。そんなやつら、東京湾にはいっぱい沈んでるんだから、珍しがって拾ってくるんじゃないわよ」

これまで静かに眠っていた男が咳をした。

「大丈夫っすか？　自分が誰だかわかるっすか？」

ジンペーは水差しを持って、男の枕元に立った。目立った外傷はなく、呼吸も落ち着いている。何度か咳をして呼吸を整えてから、男は弱々しく言った。

「……腹が、減っているんだ」

きちんと意思疎通が取れて安心したかと思いきや、ウンジャは容赦なく男の頭をはたいた。

「礼も言わずにメシをよこせってか！」

「ダメっすよ、まだ起きたばかりなんすから！」

ウンジャをジンペーがなだめる横で、タミオは厨房に向かっていた。

「何か、食べるものあった？」

フェーニャの問いかけに、タミオは頭を悩ませる。

「弱ったな。まだ披露できるもんでもないんだが」

タミオはフライパンに、凍った餃子を並べていた。

「それなあに？」

フェーニャは好奇心を刺激されると声が高くなる。ウンジャに見られるわけにはいかなかったので、タミオは唇に人差し指を当てながらフェーニャを近くに引き寄せた。

「大きい声出すなって！　バレたらマズイんだからよ」

「これ、餃子を凍らせたの？」

タミオはうなずいて、冷凍餃子をフライパンに並べた。

「今、実験をしているんだ。この間、山王に住む奥さんが、田舎から遊びに来たお姉さんを連れてきてくれただろう？」

今度はフェーニャがうなずいた。

「うん。うちの餃子おいしいって言ってくれた。おうちに持って帰りたいって言ってたけど、タミオ、断ってた。なんで？」

油が元気よくはねたのを見て、タミオはお湯を注ぎ、フライパンに蓋をした。

「遠方にうちの餃子を持ち帰るのは難しい。餃子が傷むし、皮が具の水分を吸っちまうからな」

タミオは、厨房の横に置かれた冷蔵庫を自慢げに叩いた。

「そこで、こいつの登場ってわけだ。肉を低温で保存できるだけでなく、凍らせることまでできるんだから夢の機械だ。まさか、こんな高いものをウンジャが買うなんて予想外だったぜ。餃子を凍らせれば、離れたところにだって届けることができる。アメリカは、戦争する前からこれを作ってたんだから、戦う相手が間違ってたな」

凍った餃子を、フェーニャは指ではじいて見せた。

「普通に焼いて平気なの？」

フェーニャは、思ったことを何でも口にした。フェーニャが指摘した点は、タミオが悩んでいる部分でもあった。

「この冷凍ってのは、奥が深い。いつもの餃子をただ凍らせて、焼いたとしても、皮は焦げて中に火が通ってなかったり、タネから氷が溶け出してべちゃべちゃになったりする。生の餃子と、冷凍用の餃子では、中身を変えたり、皮に工夫をしたりしないと、うちの餃子の味を再現するのは難しそうだ。ウンジャには黙っててくれよ。餃子を凍らせてるなんて知れたら、俺が氷漬けにされちまいそうだからな」

来香園は、フェーニャの新しい家だった。いきなり押しかけても、ウンジャとジンペーは温かく迎え入れてくれた。タミオが二人の子供ではないのに、好きなことを言い合い、喧嘩をしながらも餃子作りには真剣な様子が、フェーニャを惹きつけた。一生懸命な彼らを、少しでも手伝いたい。ここは、パーパが餃子づくりに励んでいた空気と、よく似ていた。

フライパンから蓋を取り、タミオは菜箸で餃子の具合を確かめていく。

「前よりはましかな」

焼き上がった餃子を小皿にのせ、その上から醤油と酢をかけて目を覚ました男に持っていった。

男は目がくぼみ、頬はこけ、伸びた髪の毛はボサボサだった。熱々の餃子を食べられる元気が残っているようには見えなかったが、タミオが皿を持って近づくと顔色が変わった。タミオは箸と皿を男に渡した。

「焼きたてだからうまいぜ」

男は餃子をじっと見つめたかと思うと、何かを思い出したかのように身体をびくっと動かしてから、手づかみで熱々の餃子をむさぼり始めた。

「お、おい！」

タミオに止められても、男は一心不乱に餃子を口に詰め込んでいく。眉間にはしわが寄り、よだれがだらだらと垂れていたが、餃子を食べる手は止まらなかった。まるで、餃子から男の口に飛び込んでいくかのようだった。

あっという間に餃子を平らげると、血走った目で虚空を眺めていた。

「どうだ、うまかっただろ。一気に食べちまうのも無理はないよな」

鼻高々のタミオは、男の肩をぽんと叩いた。男は、大きなゲップをしたかと思ったら、またしても小刻みに震えて、大きな声で泣き始める。

「……なんか違う」

絶賛されるかと思っていたタミオは、肩すかしを食らう。

「こんだけ食っておいて？」

男は自分が涙を流していることにも気付いていないくらい、うつろな表情をしている。

「もしかしたら食べ方が悪いのか？」

きょろきょろと顔を動かすと、視線の先にフェーニャがいることに気付いた。

「君、これを咀嚼して、僕に口移ししてくれないか？」

男の頭をはたいたのはウンジャだった。

「この変態が！」

男の涙はまだ止まっていなかった。頭を抱えながら、布団に涙を落としていく。

「……これは、あの味ではないが、なんて温かいんだ。僕は、もうどれだけ餃子を食べていなかったんだろう」

徐々に記憶が戻りつつある男に、ジンペーが優しく声をかけた。

「あんたは、海に流れ着いたところを、坊ちゃんに助けてもらったんすよ。自分が誰だか、わかるっすか？」

ジンペーに優しく問いかけられると、男は周りの景色がきちんと見えてきた。手で涙を拭い、深呼吸をして小さく礼をした。

「……ありがとう。なんで溺れていたのか……」

これまで白黒だった男の記憶に色がつき、鮮明に蘇る。

「……そうだ、僕はクビになったんだ」

記憶が戻ると男は肩を震わせる。慰めようとするジンペーを止め、ウンジャは厳しい言葉を投げかけた。

「会社をクビになったくらいで、身投げしたっていうの？　馬鹿馬鹿しい」

「いったい、何をやらかしちゃったんすか？」

ジンペーは男にタオルを渡してやった。

「僕は、ダッシュ。ミロク亭の総務部長だった。食中毒の裁判に負け、会社の立て直しを図ろうと奔走していた矢先に、社長からクビを言い渡されたんだ」

ミロク亭という単語を耳にした瞬間、ウンジャはダッシュの胸ぐらをつかみ、布団から引きずり出した。慌ててジンペーとタミオが止めに入ったが、ウンジャは二人の制止を振り切って男を玄関まで引きずっていく。

「フェーニャ！　塩を持ってきて！　あの詐欺集団の人間が、うちの敷居をよくもまたげたものね！」

「ウンジャ！　落ち着けって！　こいつが何かしたわけじゃないだろう？」

ウンジャが我を忘れて怒り狂う姿を、タミオは何度も目にしてきたが、目に涙を浮かべた姿を見たのは初めてだった。

ウンジャは抵抗するそぶりのない男を玄関に投げ捨てて、タミオを見た。

「こいつがいたミロク亭ってのは、アンタの父親から餃子の作り方を盗み出して、金を稼いだ盗人集団なのよ！」

頭に血が上ったときのウンジャの発言は、真に受けないようにしていたが、あまりにも鬼気迫る様子だったので、タミオはジンペーを見た。

「本当なのか？」

いつもなら場をなだめようとするジンペーも、ミロク亭という言葉を耳にして表情が張り詰めていた。

「グンゾーさんと別れる際、大陸で書き記した餃子の手帳を託されたんすけど、密航船で帰国するときに、なくなってしまったんす。そのとき、ウンジャの荷物を検査したのが、一緒に開拓村から逃げてきた、今のミロク亭の社長なんすよ」

ジンペーの話を補足するように、ウンジャは言った。

「やつが店で出している餃子は、グンゾーが作り上げたものとは似ていても、味も風味も違う。形だけ似せた偽物を、自分たちが生み出したとほらを吹いて、あそこまで会社を大きくしたのよ。アンタの父親も母親も侮辱して、成り上がったあいつらを許せると思う?」

ミロク亭との因縁をいきなり暴露されても、タミオは何を言えばいいのか分からなかった。黙って話を聞いていたダッシュは、起き上がって反論した。

「それが事実だったとしてなんだと言うんだ? 六浦社長が、孤児だった僕らを育てて、日本中に餃子を広めたのは誰にでもできたことじゃない。六浦社長が餃子を持ち帰ってミロク亭を始めなければ、ここまで餃子が広まらなかったかもしれないじゃないか」

ダッシュに、ウンジャは勢いよく張り手をした。

「ミロク亭をクビになったのに、まだあの罪人の肩を持とうとするわけ? アンタみたいな根っからの信者がいれば、会社も大きくなるでしょうね!」

もはやダッシュがミロク亭を擁護する理由はない。それは、ダッシュ自身もよくわかっていたことだった。床に倒れながら、ダッシュは弱々しく拳を握った。

「……手帳を奪われるなんて、たいしたことないじゃないか。あんたたちには、仲間も仕事も家族も温かい家もある。僕には、ミロク亭しかなかった。恵まれているあんたたちには、わからないだろうさ」

ウンジャはダッシュの髪をつかんだ。

「どんな思いでアタシたちがここまでやってきたと思っているの？」

「もうよせっす！」

ジンペーが、再び止めに入ったとき、別の泣き声が聞こえてきた。荒々しいやりとりを見つめていたフェーニャが、床に膝をついて顔を埋めている。それに気付いたタミオは、しゃがみ込んでフェーニャの手に触れた。

フェーニャは一言つぶやいた。

「けんか、しないで」

タミオは黙って、後始末を引き受けることにした。ダッシュを追い出すわけにもいかないので、ひとまず布団に戻らせ、ウンジャには部屋に引き取ってもらった。

落ち着かせたフェーニャも眠りにつき、佐野家には深夜の静寂が戻ってきていた。寝付けなかったタミオは、皿洗いを済ませてから市場で手に入れた白酒《パイチユウ》を持ち出して、狭い庭を見ながら飲んだ。国交のない中国から、どうやって日本にやってきたのかはわからない白酒だったが、どぎついアルコールの高さに、むせてしまう。

「お酒はハタチになってからっすよ、坊ちゃん」

コップに水を入れて、ジンペーがやってきた。タミオはコップを受け取り、水を飲み干した。

「準備がいいじゃねえか。見てたんなら声かけろって」

「現行犯じゃないと犯人は捕まえられないっすからね」

ジンペーは縁側に座って、庭を眺めた。コンクリート塀を挟んで、隣家が見える。狭い庭に、柿の木が生えていたので、猫の額ほどの広さしかない。来香園を切り盛りしながらなんとか手に入れた古い一軒家は、ジンペーにとってショーグンの館に負けない豪邸だった。

タミオから白酒を受け取って、ジンペーも口をつけた。喉を焼いたあと、甘いにおいが開拓村の景色をジンペーに蘇らせる。

「本当はさっきの話、するつもりはなかったんすよ」

「ミロク亭のことか?」

ジンペーはうなずいた。

「坊ちゃんのお母さんを死なせてしまって、餃子の手帳までなくしてしまい、本官たちは、何にもグンゾーさんとの約束を守ることができなかったっす。手帳を盗んだ六浦が、ミロク亭をあそこまで大きくしたとなれば、悪夢が現実になったようなもの」

ふう、とジンペーは息を吐き出した。

「いくら本官たちがつらい思いをしたからと言って、それを坊ちゃんに引き継がせる理由はないんす。呪いを次の世代に伝えても、後に残された人が苦しむだけけっす。坊ちゃんには、ミロク亭との因縁を知られないまま、過ごしてほしかったんすけど、餃子の道を進んでいる以上、避けることはできなかったんすね」

ジンペーはため息をこぼした。

「本官はときどき思うんすよ。本官たちが生きるために餃子を作っているんじゃなくて、餃子がより広い世界を求めて本官たちを動かしているんじゃないかって」

「俺たちは餃子の手のひらで踊らされてるっていうのか？」

ジンペーは笑った。

「坊ちゃんを心変わりさせたのは、フェーニャなんすか？」

狭い庭に、月の光が差し込んできた。

「あいつの捜しているパーパが俺の親父だと知ったら、興味を持つなというほうが無理だ。俺は、フェニャ子ほど親父に会いたいと思っているわけじゃないけどな」

ジンペーは何も言わなかった。

「グンゾーという男は好きとか嫌いとかじゃなくて、他人という気しかしないし、実際に会ったところで、大して話すことなんてないだろうな」

「坊ちゃん……」

ジンペーはタミオの手を握ろうとしたが、タミオはさっと避けて白酒に手を伸ばし、再びむせた。

「中国の連中は、よくこんなものを飲んでやがるな。胃が燃えそうだ」

「酒が弱いのはお父さんそっくりっすね。咳き込むなら飲まなきゃいいんすよ」

拗ねたジンペーは、そっとタミオから白酒を取り上げた。

「餃子を作りたいと思ったのは、フェニャ子だけが理由じゃない。一回しか言わないからよく聞いておけよ」

おほんと咳払いをして、タミオは頭をかいた。

「恩を受けっぱなしというのは、俺の性に合わない。ウンジャとジンペーのために、親父に会わせてやりたい。俺は、みんなに親父と再会させてあげたいという気持ちの方が強いんだ。そう思うと、餃子作りも楽しくなってきてさ」

照れている顔を見られたくなかったので、タミオはそっぽを向いたが、ジンペーが飛びついてきた。

「坊ちゃあああん！」

「おい！　抱きつくんじゃねえ！」

引き剝がそうとするが、ジンペーはタミオの首に額を当ててわんわん泣いている。

「よく、言ってくださったっす！　坊ちゃん、ご立派っすよ！　本官は、本官は……！」

ウンジャとジンペーは、昔から一人の人間として付き合ってきてくれた。満州族と日本人の子であるタミオは、小学校の頃、血筋でいじめられもしたが、二人の姿を思うと、決して卑屈になりたくなかった。

タミオは、けんかという手段を捨てる代わりに大声で歌うようになり、楽器を知ると手当たり次第に演奏して回った。賑やかで楽しいと言ってくれる友達もできるようになってからは、他人をどう楽しませられるかがタミオの価値基準となった。

「俺たちにここまで苦労をかけた親父に、究極の餃子を見つけられちまうのはしゃくじゃねえか。どうせなら、親父に会ったときに、わりいな、究極の餃子はもう俺たちが食っちまったから、あとで食わせてやるよ、ってくらい言ってやらなきゃ割に合わんだろ」

「そうっすね！」

ジンペーは泣きながら笑っていた。

「フェニャ子は、究極の餃子を見つけ出せれば、きっと親父は現れると言っていた。究極の餃子とはなんなのか、俺も興味はある。ジンペーは、究極の餃子とはなんだと思う？」

ジンペーは手を頬に当てた。

「本官はグンゾーさんや、ウンジャみたいに、餃子に特別なこだわりがあるわけじゃないから、偉そうなことは言えないっすよ」

「誰が究極を語ってもいいだろ」

真剣な面持ちでジンペーは考え始めたが、すでに結論は出ていた。

「究極の餃子は、縁を生み出すんすよ。本官としては、グンゾーさんの作る餃子が究極だと思うんす。今、坊ちゃんとこうやって話ができるのも、グンゾーさんが餃子を作ってくれたからであって、もう究極の餃子に出会っちゃっているというか……」

「もっとこう、具体的なものはないのか？」

ジンペーは腕を組んだ。

「来香園に来てくださるお客さんは、ウンジャの餃子が好きで来てくれてるっすけど、たぶん、店の雰囲気も好きなんすよ。ウンジャが黙々と餃子を焼いたり、本官が皿を運んだりする、そういう賑やかな雰囲気というのは、理屈で生み出せるもんでもない気がするっすね」

「俺がそれを標榜しても借り物のような感じがするな」

部屋の奥から声が聞こえてきた。

「……究極の餃子。それは、最も多くの人間に食われたものだ」

布団から抜け出してきたダッシュが、タミオに話しかけてきた。

「まだ寝てた方がいいっすよ。というか、坊ちゃんとの二人きりの時間を邪魔しないでほしいっす」

タミオは、素直にうなずいた。

「その理屈で言えば、ミロク亭の餃子は、究極に近づいたとも言えるが、近づいただけだった」

「なんだと？」

「店が傾いて食えなくなったら、究極でも何でもないだろ。時代を超えて食えるのも、一つの究極だ」

もう少し究極について話したかったが、げっそりと痩せたダッシュを見てタミオは改めて心配した。

「お前、まだ餃子のことなんて考えてるのか？　今は休んでたほうがいいぜ」

タミオの心配をよそに、ダッシュは言った。

「僕は、女に出会ったんだ」

「女だと？」

タミオは呆れたが、ダッシュは光景を思い出そうと必死だった。

「社長からクビを言い渡されて、僕は海に落ちたんだ。それから、女に餃子を食べさせてもらったことだけは、覚えている」

「誰かに恵んでもらったのか？」

タミオが問う様子をジンペーは黙って見ていた。

「その女が口移しで食わせてくれた餃子が、食べたことないほどうまかったんだ。食べた瞬間、あれだけほっとしたのは、はじめてミロク亭の餃子を新宿で食わせてもらったとき以来だった」

タミオは肩をすくめた。

「たまたまスケベな女が餃子を食わしてくれただけのことだろ。真面目に聞こうとした俺が馬鹿だった……」

タミオの言葉をジンペーが遮った。

「その話、もっと詳しく聞かせるっす」

ジンペーに詰め寄られ、ダッシュは正座した。

「ミロク亭が規模を拡大してから、僕はほとんど餃子を食べなくなっていた。女の餃子は、僕の人生がどれだけ餃子に支えられているのかを、僕に思い出させてくれた。遅すぎるかもしれないが、今なら心から餃子が好きだと言える」

ダッシュはタミオを見た。

「君は、父親を捜すために、究極の餃子を作ろうとしているのか？」

「そうだ」

「なら、こんな狭い場所で餃子を作り続けていたって、見つかりはしない。世の中は、とてつもない速さで動いている。君の父親が餃子狂いなら、勝負の場に出なければダメだ」

タミオの眉間にしわが寄る。

「俺に説教するつもりかよ」

「僕はミロク亭の餃子を日本中に広め、君の餃子は世に知られていない。君はまだ、究極が何かなどと語る土俵にいない」

タミオはダッシュの胸ぐらをつかんでいた。

「調子に乗るなよ」

ダッシュは冷静だった。

「さっき、部屋にいた女性は、誰だ？」

タミオは渋々質問に答える。

「フェーニャだ」

「彼女は、僕に餃子を食べさせてくれた女に、雰囲気が似ている。彼女と君は、付き合っているのか？」

突っ込んだ質問をされ、タミオはダッシュから手を離す。

「いきなりなんなんだよ。俺の親父が一時期あいつを育てたことがあるってだけだ。縁あって今は一緒に住んでる」

ダッシュは朗らかな笑みを浮かべた。

「僕は、フェーニャに興味がある。彼女の近くにいれば、究極の餃子にも近づけそうな気がするんだ。僕には、餃子を広めたノウハウがある。その力を今度は、彼女のために使いたい。それくらいしか、僕が餃子へ恩を返す方法はない。もし彼女の父親を僕が見つけられたら、フェーニャは僕にもう一度あの餃子を食べさせてくれるだろうか」

「自分勝手なやつだ。フェーニャの事情なんて何も知らないくせによく言うぜ」

「なら、君は父親に近づけているのか？」

「てめ……」

殴ろうとした気持ちを堪え、タミオは拳を引っ込めた。

「君、名前はなんという」

「タミオだ。佐野タミオ」

「タミオ、僕と手を組め。君は、自分の餃子がどこまで通用するか、試してみたいのだろう？　広い海に出るべきだ。僕は海へつながる川を知っている。君が父親を見つけ出せば、フェーニャは喜び、僕は彼女を手に入れる」

「ふざけてるのか、お前？」

「人生には、宿り木が必要だ。フェーニャは、僕の居場所を作ってくれる女性だ。僕は経営に、君は餃子づくりに精を出し、父親を見つけ出す。その暁には、僕はフェーニャを手に入れ、君は父親と再会できる。こんないい話はないだろう」

「フェーニャはものじゃねえ。人だ」

ダッシュはタミオをのぞき込んだ。

「君もフェーニャを愛しているのか？」

タミオは何も言わなかった。

「それならば話は早い。僕と君のどちらが、早く父親を見つけ出し、彼女にふさわしい男かを、決めてもらえばいい」

詰め寄るタミオを制止したのは、ジンペーだった。

「その話、乗ったっす」

「おい！」

タミオはジンペーの肩をつかんだ。

「こんなやつと手を組もうってのか？　こいつはウンジャの仇みたいなもんだろ？　協力するなんて知れたら、また家が大騒ぎになる」

ジンペーはタミオを家に入れ、縁側の戸を閉めた。

「グンゾーさんは、敵味方という視線ではなく、何ができるかという考えで、大陸を生き抜いてきたっす。場所が日本に変わっても、究極の餃子を巡る冒険は、まだ続いているっす。本官は、坊ちゃんが最善の判断をできるオトナだと思っているっす」

「そんなの脅迫じゃねえか」

来香園を続けて、グンゾーが客としてやってくるのを待っているだけでは、何も始まらない。こちらから行動を起こさない限り、好機は訪れないが、何をしてグンゾーに接近していくか。袋小路に陥っていた今、毒を飲む覚悟も必要だった。

「さっき、僕に食べさせてくれた餃子は、君が作ったものなのか？」

「ああ、そうだよ。試作品だけどな」

「試作品？」

「凍らせておいたものを焼いてみたんだ。生に比べると焼き加減にムラがあるし、火の通り方も均一じゃなくて本当なら人に食わせるような出来じゃなかった。お前が空腹で死にそうだったから、やむを得ず出すことになったがな」

「なぜ、餃子を凍らせようと？」

「うちは、持ち帰りの餃子がよく売れるんだ。生の餃子だと持ち帰れる距離が限られるから、もし凍らせたらもっと遠くの客にも売れるんじゃないかと思っているんだが、適切な温度や具材を何にしたらいいのかが、定まらないんだ」

　立ち上がったダッシュは、右手をタミオに差し出していた。

「タミオ、君はただの乱暴者というわけではないようだな」

「口の減らないやつだ」

「すべてはフェーニャのためだ。僕の力を思う存分利用するといい。僕も、君を使い潰してやろう」

　タミオは息を吐き出して、ダッシュの細い手を握っていた。

第九章　冷凍

トラックが行き交う第一京浜を渡って、ダッシュとフェーニャは大森海岸沿いの倉庫街へ向かっていた。ダッシュはユーモアのセンスが欠如した男ではあったが、その生真面目さは人を引き付けた。抱えきれないほどの花束を買ってきたり、海へ遊びに行って遠泳する姿を見せつけたりとデートの仕方は独特で、最初は距離を置いていたフェーニャも、最近は来香園の仕事を休んで二人で抜け出す機会が増えていた。今も、木箱の上で眠る猫をなでるダッシュに、フェーニャが優しいまなざしを向けている。

「鼻の下を伸ばしやがって」

少し離れた塀の陰からのぞき込んでいたタミオが、腹立ち紛れにつぶやいた。

「坊ちゃんも充分変態っぽいっすよ」

その横で、付き合わされたジンペーが冷静に言った。

「声がでかいっての！　見つかっちまうだろうが！」

「見つかってなんの問題があるんすか？　面と向かって問いただせばいいんすよ。二人で何してるんだって」

二人の逢い引きを最初に発見したのは、ジンペーだった。ジンペーはすぐにその情報を伝えて反応を見たが、奥手なタミオはフェーニャに、最近どこかに出かけているのか？　と聞くことしかできずにいた。

「なんでもない。タミオは餃子づくり、頑張って」

フェーニャの答えはいつもこれだった。これまで何でも気さくに話してくれたフェーニャが、ダッシュの登場で途端に秘密主義者になってしまい、タミオは心を揺さぶられた。

「フェーニャはああ見えて頑固なんだ。真っ正面から聞いたところで、何をしているかなんてこたえちゃくれねえよ」

「そりゃ、言えないことをしているからっすよ」

「なにい？」

「坊ちゃんも悪いんすよ。うかうかしてるから、突然やってきた年上の男につけいられるんす」

「お前が引き入れたんだろうが！」

「ほら、二人とも角を曲がっちゃったっすよ」

フェーニャとダッシュはこそこそと周囲を見回して、倉庫の敷地に入っていった。壁には京浜水産と書かれた札が貼られている。

倉庫は岸壁に設けられており、船が何隻も横付けされている。大型のトラックから、バイクに至るまで、出入りはひっきりなしで、市場のようだった。建物の中にフェーニャとダッシュが入ったのを確認して、タミオは腕を組んだ。

「何してるんすか、坊ちゃん。見失うっすよ」

「これ以上忍び込んだら不法侵入になるだろ。俺ぁ何も見なかった。とっとと帰ろう」

ジンペーはタミオの腕を引っ張った。

「ここで帰ったって、眠れない夜を繰り返すだけっすよ！」

「何で眠れないことをお前が知ってるんだよ！」

ジンペーは二人が入っていった扉のドアノブに手をかけた。

「何も知らずにうじうじするくらいなら、真実を目にして傷ついた方がよっぽど健全っす。ほれ、もう堪忍するっすよ」

扉を開けたジンペーは、躊躇するタミオを強引に押し込んだ。

倉庫の中は、ひんやりとしていた。木箱がいくつも重ねられ、磯臭さが漂ってくる。さらに奥に向かうと、金属の物々しい扉が姿を現した。二人の姿があるとするなら、扉の先だけだった。お邪魔しますと口にし、重い扉を開けると強い冷気が押し寄せてきた。

「ううっ、すごい寒いっすね」

吹雪の中に迷い込んでしまったかのような寒さが、タミオとジンペーを襲った。入り口の近くにはつららができており、柱には氷が張り付いている。あまりの寒さに、隠れることなどすっかり忘れていた二人を、奥にいたフェーニャとダッシュがすぐに見つけた。

「タミオ！」

フェーニャは、厚い手袋をしてフードの付いた長いコートを着ていた。同じように長いコート姿のダッシュは、倉庫の棚を物色している。

「尾行とは感心しないな。こんなところで油を売っていては、ウンジャに怒鳴られるのは君だぞ」

ダッシュに動じる様子はない。その余裕が、タミオには腹立たしかった。

「こんなところで何やってんだ！　うちの貴重な労働力を連れ去りやがって！」

ジンペーはため息を付いた。

「言いたいことはそんなことっすか？」

「逢い引きするなら堂々としやがれってんだ！　こそこそしやがって！」

「タミオ、そうじゃなくて……」

謝ろうとするフェーニャを遮って、ダッシュは棚から袋を取り出した。

「僕が、こんな歯も凍りそうな場所で逢い引きするとでも思っているのか？」

「なんだと！」

「これを見ろ」

ダッシュが見せてきたのは、凍った生の餃子だった。大きさとひだの形からタミオの作ったもので間違いない。入っている袋によって、柔らかさが異なっており、霜が張り付いているものもあれば、まだ柔らかいものもある。

「餃子を盗みやがったな！　在庫の数が合わねえと思ったら、こういうことか」

間に入ったフェーニャは、ぺこりと頭を下げた。

「ごめんなさい。これ、わたしが持ち出したの」

「なにい?」

冷凍餃子を一つタミオに手渡して、フェーニャは言った。

「シベリアは、一年を通してとても寒いから、食べものの保存が利く。パーパが、一年前とか半年前に凍らせたペリメニを食べられるかどうか、実験していたのを思い出して、わたしも何かできるんじゃないかって、思ったの」

ダッシュは凍った魚をタミオに見せた。

「ここは魚介類を冷凍する会社の倉庫だ。ミロク亭にいた頃、肉の冷凍について意見をもらってから付き合いがある。フェーニャから餃子の冷凍について研究をしたいと打診を受け、ここを紹介したというわけだ」

啞然とするタミオを、フェーニャは申し訳なさそうに見ている。

「わたし、タミオやウンジャみたいに上手に餃子が作れるわけじゃない。ジンペーみたいに、家事が得意でもない。わたしは何も手伝えていない。冷凍餃子の話を聞いて、これなら力になれるかもと思って、ダッシュに相談してみたの」

フェーニャは、数字をメモしたバインダーを両手でつかみ、恥ずかしそうにしている。

ダッシュは硬さの異なる二つの冷凍餃子を見比べていた。

「このファイルには、何度で何時間冷凍させたものが生の餃子に近くなるかが書かれている。ここの倉庫は、弱か強の冷凍しかできない。どのくらいの時間で冷凍保存するのが適切なのかは、何度も繰り返さなければならないが、フェーニャのおかげでデータが溜まってきた。今から、この試作品を焼き上げるところだ」

棚には冷凍された餃子だけでなく、千切りやみじん切りにしたキャベツ、ブロック肉やニラにタマネギ、シイタケなど、多くの食材も氷漬けにされていた。ジンペーはダッシュから冷凍の餃子を受け取って、爪ではじいてみた。

「しっかりと凍ってるんすね」

「冷凍は奥が深い。ただ寒い場所に長い間放置すればいいというものではなく、食材の性質が損なわれない温度を見抜いて、ゆっくりと凍らせるのかすぐに凍らせるのかでも全く変わってくる。フェーニャのシベリア育ちの経験が、餃子にも生きているというわけだ」

フェーニャは照れくさそうに笑ったが、タミオは手をこすらせて言った。

「……盛り上がってるところ悪いんだが、話は外でしないか。肺が凍っちまいそうだ」

倉庫の脇にもうけられた即席のコンロで餃子を焼きながら、タミオはくしゃみをした。

「大丈夫？」

長い間冷凍庫にいたはずなのに、フェーニャはけろりとしている。

「一言相談してくれりゃ、こんなうさんくさい男の手を借りなくたって俺が手伝ったのに」

「坊ちゃんは、ほんと女心がわかってないっすね」

ジンペーだけでなく、ダッシュもタミオを追い詰めていく。

「君だったら、こんな冷凍庫を擁する施設を紹介できたのか？　家庭用の冷凍庫は、冷凍されたものを保存するための場所であって、生ものを凍らせるには、温度が高すぎる。

しかも、開閉が多くて容積も狭いから温度の変化が起こりやすい。冷凍餃子を商品として販売するなら、実証を重ねた上でレシピを作り上げなければ、製品にばらつきが生まれてしまう」

ぐうの音も出ないタミオは、焼かれていく餃子をじっと観察することしかできない。

慰めるようにフェーニャが声をかける。

「タミオには、店の手伝いがあるから、誘うわけにはいかなくて。ウンジャに見つかっちゃうと、大変なことになりそうだから、しばらく黙っておいた方がいいと思って」

「そりゃ賢明な判断だが、俺ぁさみしかったぜ」

フライパンをひっくり返して、タミオは餃子を皿に盛り付けた。

「感じは店のに近いな」

「早速食べてみよう」

ダッシュに促され、試食会が始まる。餃子を口に運び、真っ先に声を上げたのはジンペーだった。

「おお、かなりいい出来じゃないんすかね。野菜と肉の香りもきちんと生きてるっす」

ダッシュも再現度が高まっていることに、手応えがあったが、タミオの表情は明るくなかった。

「餃子と呼べるものにはなっているが、うちの餃子かと言われると、うまみがあふれ出てくる感じがもう一つ足りないな」

フェーニャはうなずいた。

「うん。お店のとこれのどっちがおいしいかって言われたら、比べものにならない。もう少し冷凍する温度を上げた方がいいのかな」

バインダーに挟まったメモに詳細を記すフェーニャに、タミオは補足する。

「おそらく、冷凍に適した具の配分というものもあるはずだ。凍らせることで多かれ少なかれ食品の性質が変わっている。もし冷凍でうちの餃子を再現するなら、専用の配分を考えない限り、おいしくはならないだろう」

ダッシュもタミオの意見に同意した。

「その通り。店の餃子はあくまで、店で焼くために作られたもの。この冷凍餃子は確かによくできているが、来香園の味とは異なる。かといって、配分を変えすぎると来香園の味とは言えなくなる」

タミオは焼き上がった餃子を箸で持ち上げて、焼き目を見たり、ひだの具合を確認したりと観察に余念がない。

「来香園の味を再現するために具材を変えるのか、それとも冷凍餃子に最もふさわしい配分を、一から研究し直すのか、というわけだな」

「どうすればいいのかな」

フェーニャがそうつぶやいたのは、ウンジャの姿が目に浮かんだからだった。来香園の餃子は、日本人の舌に合うよう素材や焼き方など試行錯誤を繰り返して生まれた。ウンジャの血と汗と涙の結晶とも呼ぶべき餃子を、再検証しようとする選択だったからこそ、フェーニャはすぐに取りかかろうとは言えなかった。

一同の口が重くなる中、タミオに迷いはなかった。

「そりゃ、冷凍用に適した餃子を考えていくほかないだろ」

ジンペーは恐る恐る言った。

「レシピに手を加えるとなれば、ウンジャが烈火のごとく怒り狂う姿が目に浮かぶっす……」

タミオには光明が差していた。

「どれだけ質の高い冷凍餃子を仕上げたとしても、ウンジャは来香園のものとしては売らせてくれないだろう。俺がそこに固執していては、広い世界が見られなくなる。冷凍餃子でどこまでやれるのか、俺は試してみたい」

フェーニャの表情は曇っていた。それを見たタミオは微笑んだ。

「責任は俺がとる。フェニャ子とダッシュは、これからも研究を続けてくれ。具材についての意見があったら、遠慮なく指摘してほしい。今後は勝手に餃子を持ち出さず、俺が試作したものを凍らせてみてくれ。俺も、冷凍の餃子を焼くときの油の量や火加減など、細かい数字を残しておく」

何度も打診を受けたにもかかわらず、ウンジャはかたくなに支店を出すことを拒んでいたので、店の前には行列ができるようになった。営業が終わってからウンジャとジンペーは夕食をとって眠りについたが、タミオの本番は二人が寝静まったあとだった。

冷凍餃子を生み出す上で、タミオたちが最も重視したのは再現が簡単である、という点だった。料理をしたことがない若奥様でも失敗せずに作ることができるというのを売りにすべく、材料の面だけでなく、作り方をパッケージで伝えるデザインも試作を繰り返した。

倉庫を貸してくれている社長もタミオたちの研究に理解を示し、試食を手伝うべく社員を集めてくれたこともあって、倉庫の脇にはガスコンロが設置された。最も苦労した皮の配合に納得し、タミオはダッシュたちに打診した。

「この冷凍餃子がおいしいのか否か、俺たちではわからない段階に来たと思う」

集まったフェーニャやダッシュはもちろんのこと、ジンペーや倉庫会社の社長やその社員など、周りの試食係も舌が麻痺してきており、そろそろ別の意見がほしかった。

「これをウンジャに食べてもらおうと思う」

タミオにしては緊張した面持ちだったが、それを聞いていたフェーニャやジンペーの顔はもっとこわばっていた。ダッシュが確認する。

「生きて帰れないかもしれないぞ」

それが冗談ではないことを、タミオも理解していた。

「ウンジャに意見をもらわない限り、これを世に出すわけにはいかないよ」

覚悟を決めた一同は、来香園の営業が終わった九時過ぎ、佐野家に集合した。

「何の騒ぎ？　早いところ食事を済ませないと銭湯が閉まるわよ」

食卓に座らせたウンジャに、フェーニャとタミオが揃って皿を持ってきた。きつね色に焼けた、どこに出しても恥ずかしくない餃子だった。

桶を置いた。

「何も聞かずにこれを食って、感想を教えてほしい」

真剣な表情のタミオとフェーニャ、それを見守るジンペーの様子に、ウンジャは風呂
「何なの、これ」

タミオが自分で作った餃子をウンジャに食べさせてくるのは、これが初めてだった。

「最近、こそこそしていたのはこれね」

箸をとったウンジャは、何もつけずに焼き上がった餃子を半分食べた。咀嚼しながら、餃子の断面をつぶさに確認し、手で扇いでにおいをかいだり、ひだをひっぱったりしている。立ったままフェーニャは感想を待ち、ジンペーは祈るようにしゃがみ込んでいて、普段は出入り禁止を食らっているダッシュも庭の陰から様子を見ていた。

今度は酢醬油をつけて口に運んだ。ウンジャは分析しながら、目を閉じた。最後に酢だけをかけた餃子を口にし、すべてを飲み込んでから箸を置いた。

腕を組んで、空になった皿を見つめながらウンジャは話し始めた。

「これを、店の餃子として客に食べさせることはできないわね」

その一言で、全員は息を止めた。

「味の個性がない。この餃子のどこに楽しみを見いだせばいいのか、わからない。アタシからこの餃子のよさを教わろうとしているのなら、とんだ甘ちゃんね。誰かに食べさせるということは、食べさせる側が、きちんとその餃子の特徴やよさを理解して、何を言われても、売りはこれだと主張できなければ、審査の舞台に立つ資格はないわ。この

餃子から感じるのは、迷いと甘え。自分でも何を主張したいのか整理できていないのに、評価だけ求めようとしたって無駄よ」

これはタミオが一人で作った餃子ではない。フェーニャが寒い倉庫にこもって細かく温度を調べたり、ダッシュに計器や資材を用意してもらったり、ジンペーや倉庫の社員たちに何度も試食をしてもらったりして、生み出されたものだった。その経緯を、バッサリと一刀両断され、タミオの頭に血が上る。その悔しさをぐっとこらえて、ウンジャの意見に耳を傾けた。

「これが、アンタの感性と技術だけで作られたとも思えない。アンタなら、もっと個性豊かな餃子を作ることができる。アンタは来香園の餃子を作る技術を持っているんだから、一から自分の餃子を作ったとしても、ここまで退屈なものになるとは考えにくい」

タミオは冷凍庫から取り出した餃子を皿に載せて、ウンジャの前に置いた。

「実は、今食べてもらったのは、この餃子なんだ」

ウンジャは冷凍された餃子を見下ろした。タミオは説明を続ける。

「この餃子のすごいところは、凍ったままフライパンに載せて焼くだけで、簡単に焼餃子が作れる点なんだ。うちの持ち帰りはすっかり定着したが、もっと遠くのお客さんにも持って帰ってもらうにはどうすればいいか考えて、冷凍させた餃子を開発してみたんだ。フェーニャやジンペーはもちろん、ダッシュやいろんな人にも手伝ってもらって、形になった」

ダッシュと聞いて、ウンジャは舌打ちをした。

「あの疫病神と縁を切れと言ったはずだけど」

「やつが持っている人脈は、餃子づくりにも役に立つ。これだって、ダッシュが冷凍施設を紹介してくれたから作れたんだ」

タミオはウンジャに負けないよう、提案を続ける。

「この冷凍餃子の品質を上げていったら、店で営業するよりも売り上げを伸ばせるかもしれないぜ。まだどの餃子屋も、持ち帰りの冷凍餃子を始めてはいない。俺たちが元祖になれるかもしれないんだ。冷蔵庫の普及が進んでいったら、冷凍の食品も市場に並んでくるかもしれない。そうなったとき、俺たちがその最前線に立っていたら、こんなにすごいことってないんじゃないか？」

ウンジャなら、この熱を理解してくれると思っていたが、ウンジャは凍った餃子をそっと手に取った。

「やっぱり、あの疫病神とは手を切っておくべきだったわね」

「どうして？」

前のめりになって、タミオは問い詰める。

「かわいそうに。餃子にこんな寒い思いをさせて」

ウンジャはタミオを見た。

「餃子ってのは、温かい食べ物なの。ただ熱いという意味じゃない。餃子を包むのにも時間がかかるし、手間がかかるからこそ、食べたときにおいしいと思ってほしいという願いもこもる。これはどう？　せっかく込めた思いを氷漬けにして、考えているのは金のことだけ。遠くまで持ち帰れるようになるのは便利かもしれないけど、こんな風に餃子を凍らせてどこにでも売れるようになったら、それはもう食べものじゃなくて、血の通ってないただの商品。アタシは、餃子を作っているのであって、金儲けの道具を作っているわけじゃない」

ウンジャは言葉選びこそ冷静だったものの、タミオを見る視線には熱がこもっていた。

「ミロク亭を見たでしょう？　あそこの餃子は、店舗を広げることや、店の名前で金儲けすることしか考えていなかったから、落ちぶれたのよ。本当に餃子を広めたいと思っているなら、こんな浅知恵じゃなくて、餃子の未来をきちんと描きなさい」

ここまで言われては、さすがのタミオも黙ってはいられなかった。

「今はまだ浸透していないだけで、これが一般的になる日が来るかもしれないじゃないか。なんだよ、凍らせたから血が通っていないって。生だろうが凍っていようが、それを人に届けようと真剣になった思いに優劣はないはずだ。俺は俺なりに、冷凍餃子に思いを込めた」

「思いだけこもっていれば、まずい餃子でも許されるとでも思っているわけ？　基礎ができていないのに、応用に手を伸ばそうとしたって、うまくいくはずがないの。勢いだけの思いつきで、目立とうとしたって恥をかくだけよ」

タミオの顔が赤くなるのを察知して、フェーニャがそっと近づいてきたが、もう遅かった。

「ウンジャは究極の餃子を目指しているんだろう？　いつか、親父に会えるかもしれないからって。だったら、どこかで親父の目に届くよう、外に向かって行動しなきゃ何も始まらないじゃないか。ずっと大森で餃子を作り続けていたら、いつか親父が食いに来てくれるかもしれないとでも考えているなら、それこそ傲慢だ」

「なんですって？」

ウンジャは立ち上がった。タミオはひるまずに続ける。

「ウンジャは臆病だ。持ち帰りの餃子だって、なかなか許してくれなかったし、冷凍餃子を見せたらこれだ。外の世界に出て、究極の餃子が見つからなかったら怖いから、ここにとどまり続けているんだ」

ウンジャの右手がタミオの頰を叩いた。

「ウンジャ！」

ジンペーが止めに入る。

「生意気な口をきくようになったじゃない。少しばかり餃子が作れるようになったからって、調子に乗るんじゃないわよ！」

タミオもフェーニャの制止を押し切って話を続ける。

「冷凍餃子は、俺なりに導き出した究極への道だ。東京オリンピックを迎えれば、日本は世界から注目されるようにもなる。それこそ親父の手がかりを見つけるチャンスじゃないか。そんなときに、店に閉じこもって世間とつながりを断ってしまっては、親父から離れていくだけだ」

「言わせておけば！」

飛びかかろうとするウンジャを、ジンペーは全身で止めていた。フェーニャはタミオの腕を引っ張って言う。

「タミオ、言い過ぎ」

「俺は冷凍餃子づくりをやめないからな。必ず、究極に近づいてやる」

「だったら、ここを出て行きなさい！」

ついにウンジャは切り札を使ってしまった。

「そこまで言うのなら、アタシたちのすねをかじってないで、自分の力を試したらいいわ！」

「今まで世話になったな！」

そう言い残し、タミオは家を飛び出していった。

「タミオ！」

フェーニャもタミオを追いかけて、家にはウンジャとジンペーが残された。ジンペーの握ったウンジャの手は、小刻みに震えていた。ウンジャは額の汗を拭うだけで、何も言わなかった。

第十章　行脚

新橋駅から築地に向かって歩いて行くと、空襲を耐えた一軒の古いアパートが建っていた。再開発が進む新橋周辺では、もはや骨董品のような古いアパートに借り手がいないかといえば話は別で、金はないが意欲がある人間にとっては理想のすみかでもあった。立て付けの悪い引き戸を開け、玄関で靴を脱ぎ捨てたタミオは、背負った木箱を下ろして深々と息を吐き出した。

木箱の蓋を開けると、冷凍餃子が溶けて、中で変形していた。誰にも見られていないと思ったので、タミオは珍しく肩を落としていたが、二階から足音が聞こえてきた。

「ため息をつくくらいなら、実家に帰ったらどうだ。ウンジャは心配しているぞ」

読書用の眼鏡を外しながら、ダッシュがタミオに声をかけてきた。

「というか、とっとと出て行ってくれないか。僕はフェーニャを住まわせてもいいとは言ったが、君まで許可した覚えはない」

「今更戻れるかよ」

ダッシュは、タミオが持ち帰った木箱の中を見た。冷凍餃子だけでなく、保冷のための氷まで溶けている。

「成果は?」

「これ見りゃわかるだろ」

「僕には餃子の死体が浮いているようにしか見えないが」

ダッシュをにらみつけて、タミオは肩を回した。

「銀座の百貨店、土産物屋、駅の売店に、八百屋や食器屋、クリーニング屋に仕立屋まで売り込みに行ったが、どこも門前払いだ。百貨店の人間なんかひどかったぜ。わざわざ銀座に来た客が、庶民の味である餃子を買いに来るのか? って言われようだ」

「君のような若造が、高級百貨店に飛び込み営業しに行ったたって突っ返されるのは当然だ。味や革新性以前に、君自身に信用がない」

「どこでもいいから売り込みに行けって言ったのは、おめぇだろうが!」

ダッシュは頭を抱えた。

「餃子は作れても、世の中の道理にはてんで疎いようだな、君は」

「うるせえ」

ダッシュは階段に腰掛けた。

「世間は、新しいものを欲してはいるが、自分から探したいと思っているのは少数だ。大半が、誰かが流すいい噂を待っている。ものを作る上で、作るだけじゃなく、届ける努力というものも、欠かせない」

「俺はうまい餃子を作るのが仕事で……」

「ウンジャから独立を決めたのなら、すべてを負わなければならない。自分を釣り上げて、世界に宣伝してくれる優秀な釣り人を待つのではなく、自分から食卓に飛び込んでいかなければならない」

「そりゃ……」

「それは自分の仕事じゃないとでも言うのなら、君はウンジャのことを何も悪く言えないはずだ。餃子づくりに専念している彼女の方がよほど賢明だ」

容赦なくダメ出しをされて、タミオは階段を叩いた。

「言いたい放題言いやがって！　大体、おめぇだってミロク亭をクビになってるじゃねえか！」

「餃子づくりに関しては君の方が上手だが、経営に関しては、僕に分がある。これは自負ではなく、事実だ。君が一国一城の主を目指すのなら、そういう手腕も身につけておかなければならない」

売り込みがうまくいかない現実は、タミオにとって味わったことのない種類の壁だった。これまでは、来香園を知るお客さんが持ち帰りの餃子を買って帰ってくれたことで自分の餃子が売れていったが、今はそのブランド力が通用しない。冷凍餃子は確かに革新的な食べものであったが、その先見性や将来性を浸透させる難しさにぶち当たっている。

「ここで持ち帰りの餃子を始めるとしたって、この辺りに民家は少ねえ。華の銀座にいきなりやってきたのは間違いだったのか？」

氷水を張ったバケツからコーラを取り出したダッシュは、喉を潤した。

「君はもう武器を持っている。それにどういう力があるのか、何度も視点を変えて、価値を検証し続けることだ」

ダッシュは助言をするにとどまっていた。ダメにした餃子を片付けようとしたとき、玄関の戸が開いた。

「おお、いたいた！」

日本人離れした長い脚に、丁寧になでつけられたオールバック姿の男性は、チノパンに白いシャツというラフな格好で柑橘の香りがした。

「ピーさん！」

タミオは男性に駆け寄っていった。

「どうしてここに？」

ピーさんは、白い歯を見せてにやりと笑った。

「水くさいぜ、銀座にいるなら言えよ。あんたがここの家主さんか？　どうも、タミオが世話になっているみたいで」

慇懃にピーさんから挨拶をされ、ダッシュはタミオに問いかける。

「こちらの方は？」

タミオは少し誇らしげにピーさんを紹介した。

「彼はウッドベースの達人、ピーさんだ。中学生の頃、俺にジャズを教えてくれた、いわば師匠のような方なんだ」

紹介を受け、ピーさんはコンサートマスターのように、わざとらしく挨拶をする。

「こちとら懇切丁寧に、サクソフォーンのレッスンをしてやったってのに、餃子に浮気しちまうんだから困ったもんだぜ」

ピーさんの冗談を、タミオは深刻に受け止めた。

「すみません。きちんとお話しできないまま時間が経っちゃって……」

ピーさんは、落ち込みかけたタミオを見てウインクをした。雑にタミオの背中を叩きながら、ピーさんは笑った。

「タミオの、顔を真っ赤にしながら爆音で叫びまくるサクソフォーンが聞けなくなっちまったのは残念だがな。仲間がさみしくしてるぜ。あんな頭の悪い演奏をするのはおまえだけだってな」

ピーさんはキョロキョロして家の中を見た。

「で、白銀のシンデレラはどこ？」

「シンデレラあ？」

素っ頓狂な声を上げるタミオの脇腹を、ピーさんはつっついた。

「隠すなよ。あれだけ熱心だったおまえが音楽をやめちまうなんて、餃子だけが理由なわけないだろ。聞いたぜ、飛び上がっちまうような美人らしいじゃないか。こんな狭い家に引っ越して、うらやましいったらないぜ、この野郎」

「フェニャ子は、そういうんじゃ……」

みなまで説明させず、ピーさんはタミオと肩を組んだ。

「ちょっと付き合えよ。どうせ暇してるんだろう？」

ピーさんはタミオの返事を聞かず、家から連れ出そうとした。それを見て、厨房に行っていたダッシュが戻ってきた。

「これを持っていけ」

ダッシュがタミオに持たせたのは、氷の入った木箱だった。

「今日はもういいよ。どうせ売れっこないさ」

「今の君は商人だ。商人が、売るものも持たずに外出するなどありえん」

仕方なく木箱を背負い、ピーさんに連れられて銀座に向かった。

ピーさんがタミオを連れ込んだのは、六丁目のビルの地下にあるジャズバーだった。新しく開店したばかりのバーで、今夜はピーさんたちがライブをするとあって、賑わっている。グランドピアノが置かれた中央のステージでは、ピーさんの友人のバンドが演奏を披露しており、その近くの席に座った客に、タミオはビールを運んでいた。

ステージ裏の厨房に戻ってきたタミオは、ぼやかずにはいられなかった。

「なんだよ、特等席で一流の演奏を聴かせてやるって。俺ぁ、バイトしにきたわけじゃないんだぞ」

店の厨房を手伝っていたピーさんの妻マリーは、束ねた長い髪を背中に流しながら笑った。

「ピーちゃん、さみしがってたのよ、やんちゃな弟分が急に大人になっちゃったものだから。久しぶりに顔が見たいと思って、大森の店に行ったら、ジンペーさんから家出の話を聞いて、ピーちゃん、あれでも結構心配しててね」

「すみません」

マリーはにっこりと笑った。

「タミちゃん、ちょっとだけ大人になったわ。やっぱり、彼女の影響?」

「彼女っていうわけじゃないんすよ」

「ジンペーさんから聞いたわよ。タミちゃんの生き別れのお父さんが、シベリアで育てていた娘さんなんでしょう? これは間違いなく運命よ。しっかり支えてあげないと」

「妹みたいなもんなんすよ。おっとりしてて、ちょっと箱入りなところもあるし」

「妹なもんですか。彼女はタミちゃんを頼って生きているのよ。タミちゃんだってもう子供じゃないんだから、あるでしょう、裸になって抱き合いたいとかそういうの。それは別に、男の子だけじゃなくて、女の子にだってきちんとあるんだから、ちゃんと感じ取ってあげなきゃ」

世話焼きなのはマリーもピーさんと変わらず、タミオはたじたじになる。勢いが出てきたマリーは、さらに追い打ちをかけようとしたが、バックヤードから悲鳴が聞こえてきた。調理場では、軽食を準備していたマスターが頭を抱えていた。マスターの足下には、ジャガイモの入った木箱が置かれている。

「腐っちまってる!」

木箱の下に水がたまっていて、ほとんどの芋が変色してしまっていた。

「フライドポテトを出す予定だったのに、これじゃあとても人数分をまかなえないよ!」

マリーも腕を組んでいた。

「困ったわねえ。あたしもそろそろ出番だし、ほかに何か食べものはないの？」

「ここは狭いからたくさん食糧は置けないんだ。ただでさえ酒でいっぱいだから」

辺りを物色していたマリーは、階段の近くに別の木箱を見つけた。

「これは？」

遠慮なく蓋を開けると、マリーはカチカチになっている冷凍餃子を発見した。タミオは肩身が狭そうに説明する。

「実は今、これを百貨店や商店に置いてもらおうと思っているんですが、全然相手にしてもらえなくて……」

説明を終える前に、マリーは手を叩いていた。

「これよ！」

「はあ？」

マリーはフライパンを片手に、タミオに迫っていた。

「これ、すぐに食べられるの？」

「そのまま焼けば食えますよ。そういう風に作ってありますからね」

ステージから拍手が聞こえてきた。前のバンドの演奏が終わったようだ。

「タミちゃん、厨房は任せたわ。あたし、そろそろセッティングしないといけないから」

「今からここで餃子を焼くんすか？」

タミオはマスターを見た。

「ここはジャズバーなんですよ？　フライドポテトとかハンバーガーとか、アメリカっぽい食べものを出さないと、店のイメージに関わりますって」

マスターはタミオにすがるように手を握ってきた。

「この際、餃子だろうが団子だろうがなんでもかまわないよ！　とにかく、焼けるだけ焼いて！」

仕事を任されたからには、やらないわけにはいかない。タミオは油をひいて熱したフライパンに冷凍餃子を並べ、しばらくしたら水を入れて蓋をする。およそジャズバーに似つかわしくないじゅわっとした水蒸気の音が響くが、ピーさんたちの演奏でかき消される。ジャズの響きに合わせて黙々と餃子を焼き続ける珍妙さが、タミオの手さばきを軽快にした。

第一陣が焼き上がり、客に出す前にマスターを呼んだ。

「食べてみてください。マスターがおいしいと思わなかったら、出しませんから」

熱々の餃子を食べ、マスターは口をほふほふさせる。

「どうでしょう？」

何気ないやりとりだったが、タミオはつばを飲み込んだ。熱さで顔を歪ませたマスターは、口を押さえながらもだえていた。冷ますために、グラスに入れてあったビールを一気に飲み干し、腹からうなるような声が出た。

「かあっ」

「演奏中なんだから、静かにしてくださいよ！　飲み屋じゃないんですから！」

マスターはタミオの肩を強く握った。

「おいしいよ、タミオくん！　これ、ほんとに凍らせたものなの？　普通に焼いたのと違いが全然わからないよ！」

褒められはしたが、タミオは納得していない。

「生の餃子はもっと汁があふれてきて、香りもいいんですよ。これはまだ試作段階で、もっといいものになると思うんですが……」

興奮したマスターは、聞く耳を持っていない。

「細かいことはいいって！　これは店で出せるよ！　お客さんもおなかを空かせている頃だろうから、じゃんじゃん焼いちゃって！」

タミオは、久々に厨房にこもって餃子を焼き続けた。来香園を離れてからは、客に出す餃子をしばらく焼いていない。冷凍餃子を客に出すのは初めてだったので、火加減や焼き時間、水の量や油の量に至るまで、細かい調整をしながらの調理だった。これまで、ダッシュの家と冷凍倉庫の往復ばかりで店に立っていなかったタミオにとって、このライブ感は久々だった。

ジャズの演奏中に餃子が提供され、格式を重んじる客は庶民的な雰囲気にぎょっとしていたものの、ビールと一緒に食べる餃子の誘惑に勝つことはできず、タミオが厨房からこっそりとのぞいてみると、どの皿も完食されていた。

ピーさんたちの演奏も終わり、次のバンドが始まる頃になると、控え室からマリーがやってきた。

「ちょっとお！」

マリーは腹を立てており、ピーさんやバンド仲間も眉をひそめていた。タミオは腰を低くして謝る。

「すみません。だから言ったじゃないですか、ジャズバーで餃子はまずいって」

マリーは一仕事終えたフライパンを見ていた。

「もうないの？」

「まだありますけど」

それを聞いて、ピーさんの表情に明るさが戻った。

「タミオ、ありゃ身体に悪いぜ。あんないいにおいがしてきたら、演奏に集中できないって。一番前の席のジェントルメンなんて、途中から餃子にばっかり集中して、オレたちの演奏なんかろくに聴いちゃいなかったんだぜ。とんでもない商売敵が出てきたってモンだ」

「あたしたちにも食べさせてよ、タミちゃんの餃子」

マリーに笑顔でそう言われ、タミオはすぐに木箱に残された最後の冷凍餃子を焼き始めた。

タミオが銀座の地下で餃子を焼いている頃、大森の来香園に一人の客がやってきていた。看板を下ろしていたウンジャは、客の顔を見ずに言った。

「今日はもう店じまいよ」

のれんを片付けて入り口を見ると、立っていたのはフェーニャだった。ふきんでカウンターを拭きながら、ウンジャは黙々と片付けを進めていく。フェーニャは立ったまま言った。

「ウンジャ、タミオと仲直りして」

うつむいたフェーニャは、声が震えていた。

「このままウンジャやジンペーたちと離ればなれなんて、さみしいよ」

ウンジャは、店の外にある集積所にゴミ袋を捨て、店に戻ると一息入れずに湯引きを終えた大量のキャベツを切り始めていた。

「アンタ、何か勘違いしてるわ」

キャベツを刻む音が店に響き渡る。

「別れ方はみっともなかったかもしれないけれど、タミオはもう独立する時期がやってきたのよ。アンタこそ、アタシを説得する暇があるなら、ほかにやることがあるんじゃない」

フェーニャは唇をかんだ。

「『タミオの冷凍餃子』、苦戦してる。どこのお店も相手にしてくれなくて、自信をなくしてる。ウンジャが何か声をかけてくれれば、タミオも元気になる」

ウンジャの手が止まった。

「いい加減にしなさいよ」

ウンジャの持つ包丁が店の明かりを反射させ、フェーニャの足がすくむ。

「タミオは、自分の冷凍餃子が究極だと思って、ここを出て行ったのよ。袂を分かったアタシから慰めの言葉をかけられたら、タミオがどういう気持ちになるか、考えられないの？」

白髪が増え、顔にしわも目立つようになったウンジャだったが、目つきは年を増すごとに鋭くなっていた。

「タミオは、中途半端な行動はしない。楽器を持って飛び出したときだって、アンタと出会わなければ二度とこの家には戻ってこなかったはずよ。アイツは、ここを飛び出してでもやりたいと思うことを見つけた。それなのに、アンタがこの家で家族付き合いを続けたいと考えていたら、いつまで経ってもタミオが独立できないじゃない」

「それは……」

フェーニャの瞳に涙が浮かんでくる。これまで、ウンジャはタミオに厳しかった分、フェーニャには強く言ったことはなかった。

「タミオが、家出したのにアンタを連れて戻ってきたってことの意味を、きちんと考えたことはあるの？」

キャベツを細かく切ったウンジャは、力一杯絞って水分を出した。

「それとも、アンタはグンゾーに会うのを諦めて、ここでアタシたちとのんきに暮らしたいと思っているのかしら」

よく絞ったキャベツをボウルに入れ、今度は豚肉をペースト状になるまでひたすら叩いていった。ペースト状になると、粘り気が出るまで、よく練っていく。ウンジャから漏れる息の音が、客のいない店に響いている。

「アタシは、今でも冷凍餃子は好きじゃないけどね、驚いた」

充分に練った肉と細かく切ったキャベツ、刻んだ大量のニンニクとニラを丹念に混ぜ、ごま油やネギ油を加えながら、ウンジャは言った。

「自分が、新しいものを受け入れられなくなっていることにね」

大きなボウルの中で、野菜と肉は餃子のタネという別の食べものへ変化していた。

「グンゾーと多くの国の餃子を食べて、アタシは広い視野を持っていると思っていたけど、冷凍餃子の話を聞かされたとき、目の前で大切なものを壊された気持ちだった。前は、どんな餃子でも楽しんで食べられたのにね」

ウンジャのタネ作りは早さが基本だった。体温で肉質が落ちないよう、冷水で手を冷やしたあと、一気にこねていく。何年も冷水に手を浸し続けたせいで、ウンジャの手はおばあさんのように潤いが失われていた。

「自分の器の大きさに気付いてしまったとき、餃子を作る人間として死んだ気分だった。アタシがタミオに声をかけられないのは、アイツのせいじゃない。アタシが、成長の終わりにやってきているだけのことよ」

ウンジャは、均一の力でタネをこね続けている。

「アタシは、残りの力で究極の餃子を生み出したい。タミオのように、大きな変化は起こせないけれど、これまで培ってきたものを、少しずつ変えていこうとする気持ちは、まだ死んでいないから」

タネを完成させたウンジャは、ボウルの上から布をかぶせて、冷蔵庫に入れた。冷蔵庫の中には、一日寝かせたものから数日かけているものまで、ラベルが貼られてきっちりと管理されている。

フェーニャは何もできない自分が歯がゆかった。よかれと思ってウンジャに会いに来たら、けんかをしていただけだと思っていたウンジャは自分の何十倍もタミオのことを考えた上で、自分ができることをこなしている。

「アンタが、タミオに冷凍餃子をそそのかしたんでしょ？」

手を洗いながら、ウンジャは言った。

「ごめんなさい」

フェーニャは頭を下げた。

「究極の餃子を作るには、パートナーが欠かせない。意見を吐き出せる相手がいなければ、袋小路に陥っていく。ジンペーは、ずっとアタシを励ましてくれた。ジンペーは今でも、グンゾーを愛しているけれど、感謝の気持ちは、グンゾーにも負けないつもりよ。アンタは、タミオの餃子を食べ続けてきた経験に、自信を持ちなさい。タミオを支えられる力を、アンタはもう持ってる」

二人の仲を取り持とうとしたはずだったのに、フェーニャが背中を押されていた。

「今のアンタがいるべき場所に帰りなさい」

新橋の家に戻ってくると、まだ誰も帰っていなかった。タミオの布団も敷き、フェーニャは静かに眠りについた。

電話のベルが鳴る音で、目を覚ました。起きて受話器を取ろうとしたが、すでにタミオが応対していた。

「はい、どうも。大丈夫っすよ」

フェーニャは自分とタミオの布団を片付けていると、二階からダッシュが下りてきた。

「おはよう、ダッシュ。昨日は遅かったのね」

ダッシュは黙ってうなずき、電話をするタミオを見ていた。

「はあ?」

タミオから驚きの声が上がり、珍しくダッシュは笑みを浮かべる。

「急っすよ。まだきちんと数えてないからわからないっすけど。え? もう予約しちゃった? 何考えてるんすか! わかりました、今日の分はなんとかするんで、今後は改めて相談させてください」

ガチャンと受話器を置いたタミオは、焦っていたわりにぼうっとしていた。

「誰から?」

フェーニャが問いかけると、タミオは手で寝癖を直しながら返事をする。

「昨日、知り合いのジャズバーを手伝ったんだ。ライブがあったからな。そこのマスターからだったんだが……」

言い終わる前に、ダッシュが口を挟んだ。

「追加の餃子を注文したい、と?」

会話の内容を言いあてられ、タミオは後ずさりしてしまった。

「おまえが仕組んだのか？」

「僕にそんな力があったら、はじめからやっている。言った通りだろう？　君は商人なんだから、常に商売道具は持ち歩いておけと」

まだ話が読めないフェーニャは、タミオの腕を引っ張る。

「どういうこと？」

「ライブの途中でフライドポテトを出す予定だったんだが、ジャガイモが腐ってて出せなくなったんだ。代わりに俺が昨日持ってきていた冷凍餃子を出したんだが、客も演者もいたく気に入ってくれてな。マスターから電話がかかってきて、また出したいと言ってくれたんだ」

『タミオの冷凍餃子』に正式な注文が入ったとわかって、フェーニャは飛び上がった。

「すごい！　お客さん、ついたってことでしょ？」

喜ぶフェーニャを見て、ダッシュの顔もほころぶ。

「昨日の今日で注文してくるんだから、よほど効果があったみたいだな」

舞い上がるフェーニャや得意げなダッシュに比べると、タミオはまだ釈然としていない。

「うれしくないの？」

フェーニャに手を取られても、タミオには実感が湧かなかった。

「俺の知る限り、ジャズバーはもっとクールな雰囲気で、店はウィスキーのグラスを傾ける音がどこかから聞こえてきて、日常を忘れさせてくれる空気に満ちていて……。ジャズバーを煙で満たすのがタバコじゃなくて餃子を焼く水蒸気だったら、なんか所帯じみてて変じゃないか？」

ダッシュは笑顔を引っ込めた。

「君は、サクソフォーン奏者を目指していたわりに、ジャズをよく知らないのではないか？」

「なにい？」

ダッシュの挑発に、タミオは面白いほどすぐ乗っかった。

「ジャズは元々、西洋のクラシカルな音楽と、アメリカ南部に住んでいた黒人の音楽が混ざり合って生まれたものだ。彼らは、理論や理屈をどうこう考える前に、自分たちの持つリズムやフレーズが心地よく重なるのを楽しんでいたはずだ。ジャズの根本は自由さにある。仮にもジャズバーのマスターが、君の餃子をおいしいと思い、店で出したいと思ったのなら、君の餃子もジャズの一部として認められたというわけだ」

「とは言ってもだな……」

ジャズに傾倒したことがある身だからこそ、タミオには素直に受け入れられないものがあった。ダッシュは冷蔵庫を開けながら返事をする。

「別に、何だってかまわないじゃないか。君や、頭でっかちな客がなんと言おうと、うまいものはうまい。君の餃子はジャズなんだ。商売で大切なのは、求められることだ」

その意見にはフェーニャも同意した。

「そうだよ！　こんな機会、めったにないよ」

「注文はいくつだったんだ？　早いところ仕事に移るぞ」

やる気に満ちたフェーニャとダッシュに押されるようにして、タミオは注文の数を木箱に入れ、急いで銀座に餃子を届けに行った。

変わった餃子が食えるジャズバーがあるという評判は、新しい物好きの銀座の人々に知れ渡っていった。小腹を満たすのに、冷凍餃子はちょうどよく、主にジャズバーやダンスホールからの注文が多かったが、中にはホステスからの依頼もあった。

みゆき通りのクラブへ納品しに行ったとき、着物姿のママは、笑いながらタミオに言った。

「タミちゃんの餃子を仕入れてるの、ほかには内緒にしておいてよ？」

持ち前の人なつっこさから、冷凍餃子のタミオの名は銀座界隈に知られるようになり、ホステスとの付き合いも増えていた。

「ママのお店に来るお客さんは、舌が肥えているはずだし、うちのはお世辞にも高級とは言えないですよ。餃子を出すなんて、ママのお店にふさわしくないんじゃ」

口に手を当てながら、上品に笑ったママはタミオの肩をぽんと叩いた。

「それがいいのよ。社長さんたちって、付き合いや仕事の話で、ちゃんと味わえずに食事を終えることも多いのよね。商談や接待が終わったあと、うちの店に来て、ふつうの食事をしたがるのよ。凝った料理を出すと嫌みになるし、かといって田舎っぽすぎても銀座らしさがなくなっちゃう。そんなとき、タミちゃんの餃子がちょうどいいわけ。ほかのお店からも注文が入るかもしれないけど、うちに出すものよりはまずくしておいてね？　お願いよ？」

タミオは仕込みと配送に明け暮れて眠る時間が確保できなくなり、フェーニャも配送経路の確認や在庫管理に追われるなど、仕事は軌道に乗り始めた。注文が増えていくのはありがたかったが、三人で運営するには規模が大きくなりつつもあった。

深夜に夕食をとるタミオに向かって、まるで出社したばかりのようにさっぱりしているダッシュが進言した。

「これ以上三人で切り盛りしていくのは厳しい。経営規模をどの程度にするのかは、君が考える仕事だ」

一国一城の主として、今後の目標を明らかにしておく責任があった。

「ダッシュはどう思っているんだ？」

現状を広く把握しているのはダッシュであり、タミオは意見を求めた。

「予約が殺到する餃子として、なかなか手に入らない商品価値を付加することはできるが、今の君が一人でこなせる仕事の量を超えている。このまま続けていれば、仕込みの質が下がっていくだろう」

「それは、その通りだよなあ」

「いきなり会社を大きくする必要はないが、人を雇うのは避けられないだろう。あるいは、規模を小さくして、三人で切り盛りできる量にシフトしていくか？」

静かに見守るダッシュとフェーニャに対し、タミオは首を横に振る。

「チャンスが訪れているのは間違いない。今必要なのは、仕込みができる職人と、配送を担当できる人間だ。それに、今の冷凍庫ではあまりにも小さい。もっとたくさん作るとなると、八百屋や肉屋にのんびり買いに行っていては、時間も金も無駄に使うことになる」

ダッシュは満足そうにうなずいた。

「どこかに作業場を借りる必要があるだろうな。その辺りの目星は、僕がつけておく。それと、食材の調達にもミロク亭で知ったルートがいくつかある。君は、冷凍餃子を作れる人材の育成を考えた方がいいだろう」

テキパキと指示を出すダッシュに向かって、タミオはつぶやいた。

「なんというか、おまえ、変だよな」

「なんだ、藪から棒に」

「これから、俺たちがやろうとしているのは、ミロク亭が生み出した市場を荒らしに行くようなもんだ。いわば、育ての親にかみつきに行こうとしている。いいのかと思ってな」

呆れたようにダッシュは目を閉じた。

「どうやら、僕は経営をするのが性に合っているらしい。ミロク亭は今思えば、むちゃくちゃなことばかりやっていたが、その強引なやり方が、僕のやり方になってしまったんだ。君たちのように裸一貫で始める人間を、導いていくのが、僕の生き方に合っている。それだけのことだ」

長話をせず、ダッシュは手帳を片手に電話で新しい取引先に連絡を始めた。

タミオたちが倉庫と銀座を行ったり来たりする一方、みゆき通りのクラブに二人の客が現れた。

「あら、少しお痩せになった？」

ママが蘭の飾られた奥の席に案内したのは、赤ら顔の九鬼社長とイソだった。

「ブランデー」

店へやってくるなり、九鬼社長は不機嫌そうに注文した。チーママが棚から、ブランデーのボトルを取り出してグラスに注いでいく。

「珍しく酔ってらっしゃるのね。普段はほとんどお飲みにならないのに」

ママからおしぼりを渡され、九鬼社長はゴシゴシと顔を拭いた。九鬼社長が乾杯もせずに、ぐいっとブランデーを飲み干したのを見て、イソはママに語りかける。

「社長はご立腹なんでさあ。頭の固い役人たちにね」

グラスをどんとテーブルに叩きつけて、九鬼社長はわめいた。

「あんの奸臣どもめ！　洋食ばかりに尻尾をふりおって！」

九鬼社長が怒気をあらわにしても、ママは動じない。

「シベリア食堂、順調にお店が増えているの、うかがいましたわ。ミロク亭の一件で、かなりの中華屋や餃子屋がお店をたたんだでしょう？　そんな中、着実に勢力を広げていって、今では都内で最有力のお店なんじゃないかしら」

イソは紅茶にブランデーを入れた。

「もう店舗の数で争うような時代じゃねえ。これだけ餃子の知名度が上がると、物珍しさで勝負できる段階じゃあなくなってる。家でも簡単に作れちまうわけだし」

「じゃあ、次の事業展開でご苦労を？」

イソがこのクラブに好んで通っていたのは、ママが遠慮なく経営に首を突っ込んでくれるからだった。シベリア食堂の名は銀座界隈でもよく知られており、おべっかを使われることが多く、イソは通り一遍の接待には飽き飽きしていた。市井の声に耳を傾けて、事業展開の拡大を行ってきたイソからすると、様々な業界の噂が飛び交うクラブでのひとときは、単なる娯楽ではなく、立派な会議と言えた。

イソはブランデー入りの紅茶をごくごく飲んで、首を横に振った。

「御大将がお怒りなのは、もっと壮大な話でさあ」

九鬼社長は酒を飲むと顔が真っ赤になり、悲しいわけでもないのに目に涙が浮かんでくる。酔って怒っている姿は、ママには悔し泣きをしているようにも見え、母性をくすぐるものがあった。

「来年、いよいよあるでしょ」

イソは手で輪っかを作った。銀座界隈で、来年と言えば話題は一つだった。

「オリンピック？」

ママに問われ、イソはうなずいて答える。

「今、お上は選手村で出す食事について、いろんなホテルから料理人を募って、あれこれ試行錯誤しているわけ。世界中から選手がやってくるわけだから、お口に合う料理はどれかと研究にいそしんでいるんでさあ。社長の餃子もおもてなしの一品にできないものかと、立候補してみたんだけどね」

ママは手を叩いた。

「素晴らしいじゃない！　シベリア食堂の餃子が振る舞われたら、お店の知名度も世界的なものになるかもしれない！」

「社長の悲願は陛下に餃子を食べていただくこと。オリンピックで名を上げれば、陛下の食卓にお近づきになれるかもしれないと、社長とおれぁ身を粉にして根回しをしたんだけどねぇ」

九鬼社長の眉間にしわが寄る。

「あの奸臣どもめ、シベリアの名を前面に出すとソビエトとの関係に影響が出るだの、餃子は元々支那の食いものだから、支那と国交がない今、オリンピックで出すのはまずいだの、政治を持ち込みおって！」

九鬼社長のぼやきに、イソは補足する。

「シベリアに大勢の抑留者がいたわけだけど、責任はどこにあるのかといった問題がまったく解決していないわけ。お上としては平和の祭典であるオリンピックに、きなくさい話は極力持ち込みたくないという考えがあるわけだけど、社長にそんな意図はなかったからこそ、門前払いを食らって、お怒りになっているというわけでさあ」

「ソビエトを怒らせたらまずいだの、あまり東側の単語を出すとアメリカやイギリスから共産主義化を疑われるだの、知ったことか！　運動競技の祭典だというのに、奸臣どもが出しゃばりすぎているのだ！」

駄々っ子のようにわめき散らす九鬼社長に、ママは少し同情していた。

「シベリア食堂の餃子、おいしいのに」

イソは天井のシャンデリアを見上げた。

「オリンピックは、二週間の開催期間中に、たくさんの食事を振る舞う必要がある。当然、使える食材の量も多くなるし、それを管理する必要が出てくる。傷みやすい生ものをまとめて扱うのは難しいし、短時間で効率よくたくさんの食事を提供できることも、大事になってくるとお上は言っていてね。餃子は、いかんせん手間がかかる。のんびり餃子の皮を包んでいたら、せっかくの料理人を無駄遣いすることになっちまう。かといって作り置きしていたら、皮がべちゃべちゃになっておいしくねえ。お上は、うちの餃子の弱点もきちんと指摘してきたからこそ、余計に悔しいんでさあ」

事情を理解したママは、少しお待ちになってと言って客の相手をチーママに託し、キッチンに向かった。しばらくすると、香ばしいにおいが漂ってくる。イソと九鬼社長にはなじみがありすぎる香りだった。二人の前に、きれいな焦げ目の付いた焼餃子が並べられ、イソは手をつける前に問いかける。

「ママの手づくり？」

「ひとまず、何もおっしゃらずに食べてみて」

何の変哲もない焼餃子だったが、イソも九鬼社長も素直に口へ運んだ。咀嚼をして、九鬼社長が感想を述べた。

「ママの手づくりではないな」

その指摘にママはかすかに目を見開いた。九鬼社長は続ける。

「プロと素人の最大の違いは、においだ。素人はどうしても味にばかりこだわるが、この餃子はきちんと香りを意識している。香ばしさや、ニンニク、野菜のにおいがきちんと伝わってきて、よくできている」

イソはその意見に納得しつつ、弱点も付け加えた。

「ただ、うまみに欠けて、少しパサパサしているな。シベリア食堂と戦っていくとなると、まだまだ改善点がたくさんある気がしやすね」

餃子業界の第一線を行く二人に意見をもらい、ママは得意げだった。

「で、これがなんなのか、そろそろ種明かししてくれやせんかねえ？」

ほかに客はいなかったのだが、ママは二人の耳元に近づいてこっそりと言った。

「実はね、この冷凍餃子が今、銀座で流行っているの」

イソは改めて湯気を立てる餃子に視線を移した。

「作るのがすごく簡単なの。凍ったままフライパンにのせて焼くだけで、時間を守ればあっという間にできてしまう。その本格的なおいしさに銀座の人たちがハマっちゃって、うちでも取り寄せているんです」

間髪容れずに、イソはママに問いかけた。

「誰が作っているんです？」

「とても小さな会社なんです。店舗はやっていなくて、冷凍だけを売っているの」

痛飲していた九鬼社長は、屈辱と酔いもあって眠気がやってきていた。放っておけばすぐにでも眠ってしまいそうだったにもかかわらず、閉じかけた目が開いたのは、右腕とも呼べるイソがこれまでに見せたことがないほど口を開けて笑っていたからだった。

「へえ、そう」

イソはママに軽く返事をしただけだったが、すでに彼の中で次なる作戦の歯車が音を立てて動き出していた。

第十一章　結実

一九六四年一〇月一〇日、最終ランナーが国立競技場の聖火台にトーチをかざして、火がともされるのを、九鬼社長はスタンドから見つめていた。遠くの観覧席には天皇陛下の姿もある。九鬼社長は一度も天皇陛下を直視できなかった。イソはいつもと変わらずへらへらとした笑みを浮かべている。

九鬼社長たちが映し出されたのはほんの一瞬で、国民の大半はこれから行われるオリンピックへの期待に胸を膨らませていたが、ダッシュは違った。

「やられたっ……！」

タミオたちは事業の本格化に乗り出し、小さな工場を借りて従業員を雇い、販路を銀座から広げていった。その矢先に、突如として流れてきたシベリア食堂のCMに、タミオたちは言葉を失った。話題の芸能人が、覚えやすいメロディと共に冷凍した餃子をフライパンで焼く十五秒の映像。本邦初登場という触れ込みで、全国一斉発売に乗り出されては、タミオたちに成すすべなどなかった。

開会式の会場にシベリア食堂の面々が集っているという事実は、端から勝敗が決していたことをタミオに悟らせた。

「僕のミスだ」

ダッシュは、開会式の映像から目を離すことができなくなっている。

「タミオが冷凍餃子の可能性に気付いた時点で、即座に特許を取得し、増産体制に入らなければいけなかったんだ。イソのことだ、どこかからうちの餃子の噂を聞きつけた時点で、すぐに手を打ったに違いない。こうなってからでは遅いと、わかっていたはずじゃないか」

企業間では常にアイデアの奪い合いが起こっている。小規模の会社で、研究に没頭しすぎたために、世間の流れの速さをダッシュは忘れていた。

シベリア食堂の冷凍餃子は、模倣である。そう訴えたところで自分たちの発明だと証明もできないし、彼らが盗んだ証拠を押さえたわけでもない。裁判を起こせたとして、莫大な資本と影響力を持つシベリア食堂に、一個人店である自分たちが太刀打ちできるはずもなかった。

ダッシュの脳裏に、かつての記憶が蘇る。ミロク亭の餃子が模倣だと、怒気をあらわにしたウンジャの姿だ。

それの何が悪いのか。かつてダッシュはウンジャをそう切り捨てたが、今度は自分が切り捨てられる番だった。いざ先手を取られてみると、ウンジャの屈辱が数年の時を経て痛いほど理解できた。

市場は、価値があるとわかった途端に、アイデアを自分のものにしようと躍起になる。自分はとんでもない世界に足を踏み入れてしまったのではないかという恐怖は、タミオに思わぬ言葉を吐かせた。

「これで、よかったのかもな」

「何だと?」

ダッシュににらまれて、タミオは引きつった笑いを浮かべる。

「大事なのは、餃子が家でも簡単に食えるようになることだろ? 遅かれ早かれ、こうなる運命だったんだよ。あれだけの金と行動力があれば、もっとうまい冷凍餃子を、俺たちよりも効率よく作れるようになるさ。銀座のママさんやジャズバーに売れただけでも、充分すごいことじゃねえか」

「タミオ、貴様……!」

腑抜けたタミオの言葉が、ダッシュは我慢ならなかった。経営者たるもの、苦境こそ大胆であれと拳に力を入れたが、先にテレビのスイッチを消して詰め寄ったのはフェーニャだった。

「バカ!」

フェーニャはタミオの両耳を引っ張った。耳を引っ張る指も、薄い唇もぷるぷると震え、真っ赤にした目には涙が浮かんでいる。

「お、おい、どうした?」

見慣れぬフェーニャの姿に、タミオは耳を引っ張られた痛みも忘れている。フェーニャはさらに引っ張る力を強める。

「タミオは、パーパを見つけてくれるんでしょ?」

あのときのタミオは、世間を知らず、根拠のない自信だけで大言壮語を吐いていた。自分のもくろみがあっさりと打ち崩された今、これまでの無鉄砲さが恥ずかしくなってくる。

「噂じゃ、でかい工場で日に何万個もの餃子を作っているそうじゃないか。うちは小さな工場を借りたばっかりで、パートのおばさんたちは、まだ作り方を覚えて間もない。イルカと海で競争をするようなもんだ。向こう見ずな俺でさえ、勝敗が明らかなのはわかっている」

今度はフェーニャが頭突きをしてきたので、タミオは椅子ごと後ろに倒れ込んでしまった。身体を起こしながらタミオは額を押さえる。

「何すんの！」

「タミオの嘘つき！」

それだけ言い残し、フェーニャは家を出ていった。

「フェーニャ！」

ダッシュが追いかけようとするが、タミオはぼけっとうつむいたままだった。ダッシュは拳に力が入るのをぐっとこらえて言った。

「君はもう一国一城の主で、経営者だ。強大な敵が現れたからと言って、すぐに玉座をほっぽり出すようなやつは、王になる資格などない。肝に銘じておけ」

ダッシュはフェーニャを追いかけていった。一人家に取り残されたタミオは、何も映さなくなったブラウン管テレビを見つめていた。

フェーニャは新橋の駅前まで走ってきていた。開会式の日とあって人でごった返している。駅前にはオリンピック開幕を喜ぶのぼりや各国の国旗が用意され、お祭り騒ぎだった。人々の楽しそうなざわめきが、フェーニャの耳に反響する。人がいない場所を求めていくと、ホームに立っていた。

タミオを支えられる力を、もう持っている。自分を信頼してウンジャはそう言ってくれたが、これではタミオを余計に傷つけているだけだった。

落ち込んだタミオを慰めて、また頑張ろうと言えればいいのに、卑屈になるタミオを見ていられなかった。

フェーニャは、もはやパーパに会うために、餃子を作っているのではない。今は、タミオと餃子を作ること、そのものがフェーニャの新しい人生だった。パーパを恋しいと思ったのは、久しぶりのことだった。都合が悪くなったらパーパに泣きつこうとする自分が悔しい。

涙を拭おうとしたとき、止まっていた電車の窓に人影を見た。丸太のようにがっしりとした体つきに、寝起きの熊を思わせる顔。人はその落ち着きを不気味と怖がったが、フェーニャにとっては、餃子のおいしさを教えてくれたたくましい姿だった。

「パーパ！」

叫んだと同時に、電車のドアが閉まる。パーパを思わせる人物を乗せた電車は、ゆっくりと走り出していた。フェーニャは一緒に走り出すが、駅員に止められて、電車は駅を離れて行ってしまった。

フェーニャは、電車に乗って一駅ごとにホームの端から端までパーパの影を探して回った。どの駅も人が多く、それらしい人物は見つからない。いつしか、大宮まで来てしまっていた。

「餃子が好きそうな男の人ですか？　いやあ、わからないなあ。見ただけでわかるもんなんですか？」

駅員に、パーパの特徴を伝えて尋ねてみたが、見つからなかった。ホームにいたほかの客に聞き込みをしていると、似たような人物を高崎線の乗り場で見かけたと言われ、水上行きの電車に飛び乗った。車両が短いので人捜しには苦労しないが、肝心のパーパの姿はどこにもない。次第に乗客も減っていき、フェーニャだけになった。

見たこともない駅名が、次々と車窓を過ぎていく。太陽が山の向こうに隠れる前に、知らない駅に降り立った。

精算するときに新橋からの切符を見て、駅員に顔を覗かれた。

「もしかして、オリンピックの選手？　乗る電車、間違えちゃった？」

片言の日本語で話しかけてくれるのは、親切心からなのだろう。フェーニャは、いいえ、違いますと丁寧な日本語で返事をして駅前に出た。

喫茶店と居酒屋がごちゃ混ぜになったような小さな店の明かりがついているほかに、店は見当たらなかった。今日中に、東京へ戻ることはできない。宿を見つけるにしても、人の気配を感じない。飛び出してきたので、路銀にも限りがある。タミオを傷つけておいて、合わす顔もない。駅から続く舗装されていない通りを、歩くしかなかった。パーパは今、どこにいるのだろう。おなかも減った。何年かぶりに、少女の頃の臆病さが戻ったようだった。

「おーい！」

きしむ自転車に乗って声をかけてきたのは、さっきの駅員だった。

「君、どこか行く当てはあるの？　なんだか思い詰めた顔してるしさ」

心配した駅員が追いかけてきてくれたのはありがたかったものの、迷惑をかけたくはなく、フェーニャは断りを入れる。外国人を見るのが珍しいのか、ただの親切心なのか、若い駅員は面倒見がよく、引き下がらなかった。

「どう見たって、旅行客ってわけじゃなさそうだ。この辺りは夜うろつくところじゃないよ。イノシシは出るし、とても冷え込むんだ」

「寒いのには慣れてますから」

フェーニャが日本語を話すことで、駅員はさらに食いついてきた。

「日本語上手だねえ！　オリンピックを見に来たの？　どこから？　こんな田舎に、外人さんが来るなんて珍しいからびっくりだよお」

おしゃべりな駅員は、一人で話を続ける。

「そんなことより、もし行く当てがないなら……」

前から古いホンダのカブが近づいてきた。そのまま二人の横を通り過ぎるかと思いきや、カブの乗り手が持っていた竹刀が、駅員の顔面に直撃した。駅員から悲鳴が上がる。

「痛い！　なんなのお！」

顔面を押さえながらもだえる駅員に向かって、カブを止めた乗り手はヘルメットを外し、竹刀を向けた。襲ってきたのは、髪の短い女だった。

「なんなのお、はてめえだろ！　おびえてるじゃねえか！」

髪の短い女は、痛みに苦しむ駅員にすごみながらも、フェーニャをかばうように立った。

「誤解ですって、リンさん！　ぼくは案内しようと思っていただけで……」

「どっからどう見たってナンパ野郎だったぞ！」

リンは振り向いてフェーニャをじっと見つめると、にこっと笑った。

「もう大丈夫だからな」

「あ、いえ、この方は別に何も悪いことは……」

フェーニャに同調するように、駅員は横倒しになった自転車を起こしながら抗議する。

「大体、ぼくが連れて行くって言ったのに、どうして来ちゃったんですか」

不満をもらす駅員にも、リンは容赦ない。

「まだ仕事中だろ？　とっとと持ち場に帰れ！」

「次の終電が来たらもうおしまいですし、誰も乗りゃしませんよ、こんな田舎の夜の電車なんて」

制服に付いた土を落としながら、駅員は自転車に乗ってフェーニャに挨拶をした。

「じゃあ、ぼくは戻りますね。まあ、ごゆっくり」

駅員がさーっといなくなり、真っ暗な田舎道に竹刀を持ったリンとフェーニャがぽつんと取り残された。

「あの……」

質問しようとするフェーニャにヘルメットをかぶせて、リンはバイクの後ろに乗せた。

「うし、しっかりつかまってろよ」

恐る恐る伸ばしたフェーニャの手を、リンはぎゅっと握って腰に回すよう促した。街灯はなく、バイクのヘッドライトの細く伸びた丸い光だけが頼りだった。

「安心しな、ここにいりゃ何にもおびえる必要はねえよ」

「いえ、そうじゃなくて……」

フェーニャは返事をしようにも、エンジンの音でかき消されてしまう。

「あ？ なんだ？ ああ、あたしのことか。あたしはリン。女たち何人かと集まって、ここいらで畑、やってんのさ。あんたは、どっかから逃げてきたんだろ？」

誤解されっぱなしだったので、フェーニャは大きな声で言った。

「わたし、餃子が好きな人、捜してるんです！」

「なんだあ？」

フェーニャを乗せたバイクは、踏切を渡って、大きな屋敷の庭に入っていった。茅葺きの古い家だったが、丁寧に手入れがされている。庭先に柿が干され、薪が重ねられている。駐車場にカブを停めて、リンはフェーニャを降ろした。バイクの音を聞きつけて、屋敷から何人かの女たちがやってきている。

「ただいまあ」

リンののんびりした声を遮って、屋敷から出てきた女たちはフェーニャを取り囲んだ。

「あら、ガイジンさんじゃないのさ」

「どこか痛いところはある？　何も話さなくていいからね」

「まあ、なんてきれいな髪なんでしょ。いいにおいもするわ」

「はあ、おら、こんな美人、はじめてみたあ」

入念に身体検査をされ、フェーニャはかかしのように動けなかった。

「ちょっと、おびえてらっしゃるじゃないの。あとは私がやりますから、夕飯の支度に戻ってください。それと誰ですか、かごを置きっぱなしにしたのは」

女たちを束ねるのは、髪をまとめたりりしい女性だった。彼女に向かって、リンは得意げに声をかける。

「おう、ミカ。そう深刻でもなさそうでほっとしたぜ」

「あの子たちをおとなしくさせておいて」

ミカに言われ、リンはかしましい女たちを屋敷に入れた。息をつく暇もないやりとりを見て、フェーニャは瞬きするしかなかった。ミカは、フェーニャを安心させるようににこりと笑う。

「何も聞かされずに連れてこられたみたいですね」

「乗り過ごしてしまっただけなんです。ここは？」

明かりのともった屋敷から、笑い声が聞こえてくる。

「駆け込み寺みたいなおうちかしら。夫から暴力を受けて逃げてきたり、夜の仕事から逃げてきたり、事情は様々」

フェーニャはぺこりと頭を下げた。

「すみません、何の事情も知らずに。すぐにおいとまします」

フェーニャはそそくさとあとにしようとするが、ミカは優しく手を取った。

「もう電車はありませんよ。たとえ乗り過ごしただけだったとしても、今困っていることに変わりはありません。ひとまず、中へ入って」

オリンピックに合わせて、都心はどんどん古い建物が消え、鉄筋コンクリートの建物が増えていたが、この古い家での夕食は囲炉裏で作った鍋だった。

家の女たちは、テレビから流れるオリンピックの話題を楽しそうにしゃべったかと思えば、軽い口げんかをしてわめき合い、風呂の順番を奪い合っている。フェーニャより若い娘もいれば、ミカやリンよりも年上の女性もいて、中には外国人の血が入ったと思われる女性もいたが、よく笑っていた。

リンが女たちを連れて風呂場へ向かい、ミカは土間で食器を洗い始めた。それを見て、フェーニャも立ち上がる。

「わたしもお手伝いします」

食器をまとめて、ミカと一緒にすすいでいく。

「私とリンは昔、東京の会社で働いていたのですよ」

ミカは鼻歌交じりに話を始めた。

「リンは、とても男勝りに見えるでしょう？」

竹刀で気の毒な駅員をぶっ飛ばした光景が、フェーニャの脳裏に蘇る。頼りがいのある、たくましい女性に映る。

「あの子、ああ見えて、さみしがりで。リンは会社であるトラブルに巻き込まれ、心の具合が悪くなってしまいました。仕事に没頭するあまり、唯一の家族とも言えるリンについて、私は時間を割いていなかったことを反省しました。どれだけ仲がいい間柄でも、言葉にしなければいけないことがあるのです。一度足を止めることにして、リンと一緒に仕事を辞め、この家を買いました」

戸棚には古い樽や木箱が置かれている。

「この家で、リンとたくさん話をしました。同じ会社にいて、同じ目標を持って働いていたのに、私たちは遠ざかっていました。孤児だった頃、私は病弱で何度も死にかけたところを、リンは薬や食べ物をもらってきて、私を救ってくれました。今は、私があの子を助ける番なのです。人は時に、助ける側に回り、助けられる側にもなりながら、生きていくのですね」

囲炉裏につるされた魚の木像や使い古された臼など、この家はフェーニャには珍しいものばかりだった。

「とても古いおうちなんですね」

ミカは少し自慢げに笑った。

「この辺りの大地主の屋敷だったそうなのですが、何年も放置されて投げ売りされていたところを、私たちが目をつけたのです。いわく付きの屋敷だったので、放置されるより、若い人が住んで立て直してくれるのはありがたいとまで、ご近所さんに言われたのですよ」

けろりとした表情で、ミカは気になることを口にしていた。

「いわく付き？」

お化けの類いが苦手だったフェーニャは、身震いして問いかけた。ミカは、フェーニャの手に優しく触れて安心させる。

「ここは、江戸時代から続く矢留《やどめ》家という一族が住んでいて、戦争が始まった頃は二十人近くで暮らしていたようです。出征したり、流行病で亡くなったりして、遺された長男夫婦と三男との間で相続争いが起こり、結局、長男夫婦がこの屋敷を引き取る形になりました。その後、奥さんが子供を連れて出て行き、一人住まいになった長男もすぐに病気で亡くなって以降、この家はずっとほったらかしになっていました」

古い戸棚を開けると、子供用の食器が出てきた。柱に背比べをした傷が残っていたり、神棚の奥に古いお札が貼ってあったりする。

「不気味ですか？」

フェーニャは風呂から聞こえてくる騒ぎ声に耳を傾けた。

「いえ、懐かしい感じがします」

食器を洗い終えたミカは、居間の座布団に腰掛け、フェーニャに干し柿を勧めた。

「あなたは、誰かを捜しているのですか？」

干し柿は粉を吹いていておいしそうだった。フェーニャがかじってみると、ぐにゃりとした食感のあと、甘さと草原のようなにおいがやってきた。

「パー……、父を捜しているんです。本当の父ではないのですが、シベリアに住んでいたとき、わたしを育ててくれた日本人の捕虜と、生き別れてしまって」

「まあ」

ミカは正座し直すが、フェーニャは首を振る。

「生活に不便しているわけではないんです。父と離れてから時間も経っていますし、最近はあまり父のことを考えなくなっていました」

ミカはうなずいて、フェーニャの話の続きを待つ。

「今日、一緒に住んでいる人とけんかをして、家を飛び出してきました。駅で偶然、父に似た人を見かけて追いかけているうちに、ここまで来てしまったのですが、軽率でした。シベリアで別れた父が、日本にいるはずないのに」

「一緒に住んでいる人というのは、あなたの恋人ですか？」

フェーニャは目をそらして、頬を赤く染めたあと、涙を浮かべた。その仕草だけで、ミカには充分だった。

「その人が、何かあなたを不快にするようなことを？」

即座にフェーニャは首を振る。

「わたしは、その人と一緒に新しい食べものを研究して売り出そうとしていて。ようやく商売が軌道に乗り始めていたんです」

「料理をなさるのですか？」

洗い終わった食器が、水滴を落とした。

「冷凍餃子といいます。餃子という、支那の焼いたおまんじゅうのようなものを凍らせた料理なんですが、ご存じですか？」

ミカは目を閉じて答えた。

「ええ、知っています。とてもよく」

ミカは麦茶を持ってきた。

「それで、冷凍餃子の販売が順調だったのにどうして？」

「シベリア食堂から冷凍餃子が発売されることを知り、一歩も二歩も後れを取っていたことに気付かされたんです」

田舎に引っ込んでから、餃子業界とは縁を切ったはずだったのに、再びその名が自分の前に現れた。

「シベリア食堂は、テレビやラジオでＣＭをたくさん流し、新聞や雑誌に広告を入れ、今ではどこのスーパーマーケットでも商品を見かけるようになりました。今日、シベリア食堂の社長が、オリンピックの開会式に出席しているのを見て、その人は、これでよかったのかもしれない、なんて言ったんです」

タミオの憔悴《しょうすい》は、フェーニャを傷つけていた。

「わたしたちの工夫が、無駄なはずがない。そんなことで諦めちゃうほど、簡単な決意だったのか、って。我慢することができなくて」

風呂場から出た女が、タオルを巻いた姿で廊下を走っていた。

「わたしたちの餃子には、わたしたちにしかない取り柄があるんです。それに気付いてほしいと、伝えたかったのに……」

スリップを着たリンが、身体から湯気を上げながら近づいてきた。

「おい、上がったぞ。さっさと入っちゃえよ」

冷蔵庫から取り出したビンの栓を抜いて、リンはオレンジジュースをラッパ飲みした。気さくに話しかけたつもりだったが、ミカとフェーニャが沈黙するのを見て、オレンジジュースでむせかけた。

「な、なんだ。どうしたよ、しんみりしちまって」

かじりかけの干し柿を持ったままのフェーニャに、ミカはそっと言った。

「何が売れるのかというのは、人の気持ち、景気に社会情勢など、多くの要素に委ねられ、私たちはその大きな流れの中で生きています。シベリア食堂は、目標の数字を生み出すことに心血を注いでいる以上、あなたたちが勢いでシベリア食堂と相まみえても、勝ち目が薄いでしょう。果たして、それがあなたたちの進みたい道なのでしょうか？」

風呂から上がった女たちが、居間に近づいてきた。それを察したリンは、ビンをテーブルに置いて女たちを寝室に連れて行った。静かになるのを待ってから、ミカは口を開いた。

「私もリンも、会社が自分の居場所になっていました。お互い戦災孤児でしたから、会社しか社会と繋がれる場所がなかったのです。その間、私は自分がどのように生きたいのかを考えないまま、過ごしていました。仕事をやめ、この家に越してきてから、私とリンは多くの発見がありました」

ミカはわずかに開いていた引き戸を閉めて笑った。

「私もリンも虫に触れなくなっていましたし、リンは早起きで、私は宵っ張り。私は味噌が苦手で、リンはマヨネーズが苦手。リンは一番風呂じゃないとむくれるし、私は玄関の靴が揃っていないと信じられないほど腹が立つ。どれも、つまらないことですが、私たちはつまらないことにも気付けないほど人間として生きていなかったのです」

遠くの部屋から、わいわい騒ぐ声が聞こえてくる。

「居場所というのは、見つけるのではなく作るものなのです。ここが私たちの居場所になると、問題を抱えた女性が集まるようになりました。みなつらい過去を背負っていますが、新しい道を見つけようとする姿に、私もリンも多くを学んでいます。どういう形になるかはわかりませんが、いつかここで出会ったあの子たちが、自分の居場所だと思え、社会と繋がれる場所を作るのが、今の私の生きがいなのです」

ミカはリンと写った写真立てを手に取ったあと、フェーニャを見た。

「ごめんなさい、話が長くなってしまって。お風呂が冷めてしまいますね」

フェーニャは首を振った。

「ミカさんは、自分の考えを伝えられて、素敵です」

ミカはタンスから来客用のバスタオルを出して、フェーニャに渡した。

「あなたにも自分の生き方があります。それを叩き起こすのではなく、ゆっくり目を覚ますのを待ってあげるのも悪くはないはずですよ」

古くて狭い五右衛門風呂だったが、フェーニャは体の芯まで温まった。部屋に戻ると、布団が用意されていた。

「深くは聞かないよ。話したくなったら話せばいいさ」

布団を用意してくれたのは、フェーニャと同じ年頃の女だった。

「ありがとうございます」

「今日のところはとっとと寝ちまいな。なんかあったら、こっちに来るんだよ」

ここの女性はリンやミカの面倒見の良さを受け継いでいる。広い畳張りの部屋にフェーニャを残して、世話役の女性は寝室に戻っていった。目を閉じて眠ろうとすると、いろんな音が聞こえてくる。風が戸をすり抜ける音、遠くの部屋で仲間たちと笑い合い、怒られる騒がしい声、畑で夜を愉しむ鈴虫やカエルの歌声。

シベリアの雪原とはほど遠い、日本の田舎なのに、なぜか懐かしい。眠りにつけず、戸を開けて、月光を入れる。部屋が、かすかに明るくなる。

この客間は、普段使われていないらしく、前の住人のものと思われる写真が戸棚に飾られていた。いろんな写真が置かれているので、ミカが捨てられずにいるのかもしれない。

真ん中に置かれていたのは、まだこの家が大家族だった頃の写真だった。真ん中に着物姿の老夫婦と、その横に一族がずらりと並んでいる。子供の姿も多くあったが、みな緊張した面持ちでじっとしている。

ほかにどんな写真があるのか気になって物色していると、一枚の写真を見つけた。若い軍服姿の男が、こちらを向いている。顔は無骨で、体つきもしっかりしているが、表情はうつろで、自分が写真を撮られていることに気が向いていないような、ぼうっとした顔こそ、何年も追い続けたものだった。

「パーパ……！」

古びた写真立てに入っているのは、あどけなさこそ残っているものの、フェーニャをシベリアで育てたパーパそのものだった。写真立てから写真を取りだして、裏面を見てみる。そこには薄れた鉛筆書きでこう書いてあった。


『軍蔵　卒業式』


フェーニャは、戸棚からアルバムを引っ張り出して、パーパの写真がもっと見つからないか、探し回った。がさがさという音を聞きつけて、リンが部屋にやってきた。

「おい、何やってんだ。あんたが起きてると、うちの女どもも寝やしないんだ……」

リンは、部屋中に広げられた古い写真を見て、戸惑いの声を上げる。

「げっ、なんじゃあこりゃ！」

リンに気付いたフェーニャは、目に涙をためながら近づいていく。

「パーパ！」

リンに飛びついて、フェーニャは顔を埋めた。リンはしばらく背中をなでてやるしかなかった。

「この家が、あんたの捜している親父の実家だってのか？」

フェーニャが落ち着いてから事情を聞き、リンは頭をかいた。

「そんなことってあるのかよ。この写真に間違いはないんだよな？」

士官学校を卒業する際に撮られたであろう写真を手に持ってリンは問いかけ、フェーニャは何度もうなずく。

「あんたはとんでもないお客さんみたいだな」

「何か、パーパについて知っていることはありませんか？」

あまりに無垢《むく》な瞳で見つめられるので、リンは答えを持ち合わせていないことに申し訳なくなってくる。

「あたしらがここを買ったときは、もう誰も住んでいなかったんだ。前の住人に関しては、ミカが話したことくらいしか、あたしもわかんないよ」

アルバムが入っていた棚には、写真だけでなく日記や書簡のようなものが乱雑に押し込まれていた。フェーニャは今、父の手がかりを求めてもがいている。それを無視できるほど、リンは冷徹ではなかった。乾きかけた髪をくしゃくしゃにして、リンは叫んだ。

「ああもう、わかったよ！　あたしも手伝ってやるから、そんな顔するなって。いいか、眠くなったらすぐに寝てくれよ。ミカはああ見えておっかないんだ。あとであたしが叱られちまうからな」

フェーニャはリンの手を握りながら、何度もうなずいた。

部屋には日記や短歌、書きかけの小説や水彩画に至るまで多くのものが遺されていた。その大半は矢留家の当主であり、写真の真ん中に写っていた矢留一長《かずなが》によるものだったが、家系図のどこを見ても、グンゾーの名字である検見という文字は見当たらない。

リンが読みにくい文字で書かれた日記や手紙を読み解いていくうちに、一長には妾がいて、ヤヨイという娘を産ませていた事実にたどり着いた。ヤヨイは矢留家の人間には知られないまま、一長の個人的な援助を受けて大人になり、結婚相手となったのが、検見正太郎《しょうたろう》という男だった。

だんだんとグンゾーに関連する人物を追いかけることが楽しくなっていったリンは、ことあるごとにフェーニャを呼んで、説明を加えた。ミロク亭の営業時代、達筆な農家とやりとりした経験が、生きていた。

「この一長って人は、跡目選びに悩んでいたみたいだな。かなり早い段階から、兄弟の仲が悪くなってて、日記の中でしょっちゅう愚痴ってるよ。一族の相続争いにうんざりして、このお妾さんに慰められ、ヤヨイという子を一番大切にしていたみたいだな。ほら、この似顔絵もヤヨイって書いてある」

一長の絵は抽象画で、ヤヨイという娘がどんな容姿をしているのかは分からなかった。ヤヨイからの手紙を見たり、正太郎からの正月の挨拶が届いていたりするのを見ると、しばらくは円満な時期が続いているようだった。

「潮目が変わったのは、関東大震災のようだな」

「関東大震災？」

フェーニャに問われ、リンは見つけた手帳のカレンダーを見せた。

「昔、東京で大きな地震があったんだ。夫の正太郎は、震災で亡くなって、ヤヨイは困窮したらしい。この手紙には、一長に心配させまいと、気丈に耐えるヤヨイの思いが伝わってくる」

震えたような文字の意味は分からなかったが、今でも生きていると思わせる字だった。

「焼け野原ってのは、惨めなモンさ。みんな乱暴になってがめつくなって、いい人が馬鹿を見る。裏切りの連続で、子供だろうが容赦ない」

幼少期の記憶を隅において、リンは手紙を読み返す。

「一長は、この家にヤヨイとあんたの親父さんを呼ぼうとしていたらしいが、ヤヨイは最後の最後までそれを断って、自分の力で身を立てようとしていた。その頃、一長の具合も悪くなっていって、相続争いが本格化していた。もう先が長くないと思った一長は、半ば強引にヤヨイをこの家に呼び寄せたみたいだが、震災後、ヤヨイは身売りで梅毒か何かにかかっていた。すぐに病気で亡くなって、後を追うように一長も逝っちまった。それから、あんたの親父さんがどうなったのかは、何も遺されていない」

リンはヤヨイという女性に寄り添う話し方をしていたので、フェーニャは聞き入っていた。新しい資料を探しながら、リンはフェーニャに問いかけた。

「あんたは、親父さんから何か聞いていないのか」

パーパが写った写真を見つけようとするが、どこにも見当たらない。

「日本でどんな暮らしをしていたのか、どんな子供時代だったのか、何をして遊んでいたのか、出身はどこなのか、いろんな質問をしても、覚えていないの一点張りだったんです。考えてみれば、無理もないことかもしれません」

脚立《きゃたつ》に乗って、リンは戸棚の上でほこりまみれになっている箱を取り出した。

「この家には昔では考えられないくらいたくさんの写真や、子供たちが描いた絵や作文が遺されている。そのどこにも、検見軍蔵の名前は見当たらない。士官学校の写真が残ってるってことは、付き合いはあったみたいだが」

リンが開けた箱の中には、数枚の手紙と古い封筒が入っていた。リンは封筒の中身を、取り出してみる。

「紙幣だ」

現れたのは戦前の紙幣だった。手紙の送り主は、検見軍蔵。どうやら毎月、封筒に紙幣を入れてこの家に送っていたようだ。

「これは、仕送りだ」

記されていたのは送る金額だけだった。季節の挨拶も、近況報告も何も書かれていない。極めて事務的な報告と、金銭だけが箱の中に、手つかずで残されている。

「あんたの親父さんはヤヨイに似て、早くから身を立てようとしていたんじゃないのか。士官学校に入ったのは、そのためなんだろう。ここでどういう暮らしをしていたのか、もっと探ることもできるかもしれないが、どう思う?」

フェーニャはリンを慰めるようにうなずいた。

「やめておきましょう」

手紙を箱にしまいながら、リンはつぶやいた。

「わりい」

「どうしてリンさんが謝るんですか？　朝まで調べてくださってありがとうございます」

グンゾーがいない写真を、フェーニャは二度と開けることはない箱へしまっていく。

「もし、あんたがこの話を知ることを親父さんが望んでいないとしたら、あたしがやったのは墓暴きと何も変わらない」

繊細なリンの手を、今度はフェーニャが握った。

「大丈夫です。パーパは、とても屈強な人ですから」

リンの目に光るものがあった。

「わたしが出会ったパーパは、生き生きとしていました。捕虜としてシベリアにやってきたのに、餃子のことばかり考えているパーパに育てられて、感謝しているんです。リンさんからお話を聞いて、より一層パーパを尊敬する気持ちは強くなりました」

リンは困ったように笑った。

「あんた、いい人だな」

「パーパは離れる際、餃子を追い続けろと言ったんです。日本にやってきてから、わたしと出会う人はみな餃子に関係していて、そこからどんどんいろんな人との出会いに恵まれました。今日だって、ミカさんやリンさんと出会うことができて、わたしの人生は餃子に支えられている気がします」

「あんた、餃子屋なのか？」

リンにとって、餃子とフェーニャの関係は初耳だった。

「はい。と言ってもお店をやっているわけではなくて、冷凍した餃子を売っているんですが」

リンは手のひらをぽんと叩いた。

「あんた、ミロク亭って知ってるか？」

「もちろんです」

リンは苦笑いを浮かべた。

「あたしとミカは、そのミロク亭にいたのさ」

最後の一言が、フェーニャの眠気を吹き飛ばした。夜明けまで話をしたせいか、それともパーパに関する情報を知ることができたおかげか、ミカに見つかって眠るよう言われると、今度はぐっすり眠りにつくことができた。

夕方になって、フェーニャは騒ぎで目を覚ました。布団の準備をしてくれた世話役の女が、鍬《くわ》を持って廊下に立っていた。

「どうかしましたか？」

フェーニャに気付いた女は、手を取って引っ張った。

「ちょうどいいところに！　ちょっと来てちょうだい！」

何もわからないまま玄関にやってくると、騒ぎの声が聞こえてきた。竹刀を持ったりンが、入り口のそばで小さく震えている。

リンに代わり、入り口にいる客に向かってミカが厳しい口調で応対していた。

「あまりしつこいようですと、警察を呼びますよ。こちらから、あなたに言うことは何もありません。お引き取りください」

ここまで門前払いをされても、客は引き下がらなかった。

「そう言うってことは、中にいるんだろ！　おーい、フェニャ子！　俺だぁ！　出てきてくれえ！」

その声を耳にし、フェーニャは駆けていた。

「タミオ！」

憔悴しきったタミオが、息を切らせながら立っていた。すかさず、タミオは頭を下げた。

「みっともないことを言って、すまなかった！」

いきなり男が泣きついてくる光景を、ミカもこの家の女たちも何度となく経験している。フェーニャの知り合いだとわかっても、彼女たちはまだ手にした武器を離さなかった。フェーニャは、頭を下げるタミオの肩に触れる。

「わたしこそ、飛び出しちゃってごめんなさい。どうしてここが？」

タミオの背後から近づいてきたダッシュが返答した。

「手のかかる社長だ。一駅一駅に電話をかけ、電車の乗客に片っ端からフェーニャはどこだと声をかけるものだから、結局は僕が話を聞く羽目になってしまった。しらみつぶしとはまさにこのことだ」

ダッシュが現れたのを見て、ミカが声を上げた。

「ダッシュ！」

ミカの驚く声を聞き、リンも駆けつけてきた。いくつもの再会が重なり、誰もが一斉に問いかけようとする。それを見てダッシュは、両手で待ったをかけた。

「ひとまず、茶でもごちそうしてくれないか。朝から何も飲まず食わずなんだ」

ダッシュとタミオは、居間に通された。家の女たちはみな、部屋の陰に隠れてしまったが、誰もが物陰から会話を盗み聞きしようとしていた。

居間の机にお茶が出され、ダッシュの横にはタミオが座り、その向かいにミカとリンが腰をかけた。フェーニャは裁判官のように、両陣営が見える席に座った。ダッシュは熱いお茶を涼しい顔で飲むと、お茶請けにあった干し柿も遠慮なくむさぼった。

「リン、僕がここにいても大丈夫か。嫌なら席を外してもらってかまわないぞ」

今も初対面のタミオにリンは緊張していたが、ダッシュとの再会でそれどころではなくなっていた。

「おまえは大丈夫みたいだ。ガキの頃から知っているせいかな」

ダッシュはミカに視線を移した。

「君は、変わったな。なんだか、母親のような顔つきになった」

ダッシュとしては褒め言葉のつもりだったが、ミカが喜ぶものではなかった。

「あなたは相変わらず、言葉を選ぶのが下手っぴですね。ミロク亭を離れたと、風の噂で聞きましたよ」

　ダッシュは平然とした様子で、干し柿をかんでいた。

「ああ。六浦社長から、疫病神だと告げられた」

　お茶を飲めずにいるミカに比べ、ダッシュは遠慮がなかった。かつてバーの下で暮らしていたとき、ずけずけとミロク亭へ誘ってきた頃のようだった。

「今は、この若社長の下、冷凍餃子を販売しようと悪戦苦闘している。シベリア食堂に冷凍餃子の販売を先取られ、僕も若社長も少し動転してしまい、昨日は醜態をさらしてしまった。フェーニャが三行半《みくだりはん》を突きつけて出ていき、惨めな僕らは昨日からずっと後を追ってここまで来たというわけだ」

　別の会社にいるダッシュの姿が、リンにはまだ慣れなかった。

「おまえはミロク亭を失ったら死んじまうくらい、こだわっていたじゃないか。あたしもミカも、まさかおまえがほかの会社で、こんな若い連中を引っ張ってるなんて、思わなかったぜ」

　タミオに飲むよう促して、ダッシュは二つ目の干し柿をかじった。

「クビを言い渡されて、僕は海に飛び込み、死に損なった」

「なんだと？」

　リンの心配とは裏腹に、ダッシュは他人事のようだった。

「溺れていたときに、僕は一人の女性に出会ったんだ。その女性は温かい食べものを与えてくれた。それは、焼餃子だった。どんな味かはもう覚えていないが、その餃子を食べた途端に、僕はきちんと味わってこなかったことを思い出した。僕は、もう一度、彼女に会いたい。そう思って目を覚ましたとき、僕を助けてくれていたのが、そこにいるフェーニャだった」

フェーニャは目をぱちくりするだけだった。

「フェーニャと若社長が一緒に餃子を売ろうとしていると知って、僕がミロク亭で培った力を使うのはここしかない。そう決意した僕は今、若社長の右腕になっている」

話を聞いたリンは、フェーニャに近づいてそっと抱き寄せた。

「あんた、やばいやつにつきまとわれてたんだな。変なことされなかったか?」

フェーニャはダッシュを見ながら首を振った。

「ダッシュはタミオの餃子を売るために、工場を手配してくれたり、計画を立ててくれたり、すごく助けてくれています。ダッシュがいなければ、こんなに早く冷凍餃子を売れるようにはなりませんでしたから、感謝してもしきれません」

リンはタミオを見た。

「おい、若社長とやら。こんな近くに、あんたの嫁さんに言い寄る男がいて、よくぼけっとしてられるな」

「フェーニャは嫁じゃねえよ」

「そうなのか?」

リンに問われ、フェーニャからはそっぽを向いている。リンは、ダッシュに直球の質問をした。

「おまえはこの子を嫁にもらおうとでもしてるのか？」

あまりに遠慮のない質問に、タミオやフェーニャはおろか、ミカまでもリンを止めようとする。ダッシュの表情は変わらなかった。

「フェーニャは女神であり、僕を導いてくれる人だ」

リンは髪をぐしゃぐしゃにして、不満げに答えた。

「まどろっこしいな。要するに、この子が好きなんだろ？　おまえは」

ダッシュの表情は変わらない。

「僕は、好きという感情がよくわからない。誰かに愛された記憶がないからだ。フェーニャは、僕を救ってくれた女神だと思うし、自分を助けてくれた人を強く想うのは当然のことだ。その気持ちを好きとか愛しているという表現で言い表せるのかは、わからない。その手の気持ちについては、君の方が詳しいはずだ、リン。僕は、フェーニャを愛しているのだろうか？」

思わぬ質問を受けて、リンも言葉に窮する。

「おまえの気持ちを、あたしが知るかよ。大体、親もいなくて、焼け野原で育ったあたしたちが、そんな思いを持てるのかなんて、わかりっこないんだ」

からかうつもりでダッシュに質問をしたはずなのに、リンは深手を負ってしまった。

それを見かねたミカが、仕切り役を引き継いだ。

「今はこの子と、若社長の話を聞いてあげましょう」

フェーニャは立ち上がって、客間に向かった。ドタドタと足音を立てて戻ってきたフエーニャは、一枚の写真をテーブルに置いて見せた。

「これは？」

ダッシュの問いかけに、フェーニャは一呼吸置いてから答えた。

「この人が、わたしのパーパ。タミオのパーパ」

「なんだと？」

タミオは身を乗り出して写真を見た。真新しい軍服に袖を通した、若い軍人。これが父と言われても、実感は湧かない。戸惑うタミオに、フェーニャは話を続ける。

「ここは、パーパが育ったおうちみたいなの。昨日、この写真を見つけて、手紙とか日記をリンさんと一緒に調べた」

タミオは笑顔を見せてフェーニャの肩に手を置いた。

「よかったじゃねえか、フェニャ子！　こうしちゃいられねえ。このことを、ウンジャとジンペーにも伝えてやらねえと。二人とも、親父に関することならなんでも知りたがっていたからな」

タミオにとって、父親の手がかりを手に入れることより、フェーニャが喜んでいる姿の方が大事だった。リンはタミオに質問をした。

「あんた、検見軍蔵の息子なのか？」

タミオは曖昧にうなずいた。

「一度も会ったことはないんだ。俺は、終戦間際の朝鮮から親父の友人たちに連れられて日本に来て、育てられた。親父は捕虜になったらしくシベリアに送られ、フェーニャの実の親父さんがいなくなってから、親父がフェーニャを面倒見ていたらしく、パーパと言っているのもそういう理由だ。今、餃子屋をやっているのも、フェーニャや、俺を育ててくれた二人を、親父と再会させてやりたいと思っているからなんだ」

検見軍蔵の歴史をひもといて、その息子からも話を聞くと、強いつながりを求めて生きようとするタミオに、リンは歴史から飛び出てきた人物のような印象を持った。

「そうか。よく、生きてきたな」

「フェーニャも、若社長も、検見軍蔵さんという方を捜しているのですか」

ミカが名前を口にすると、ダッシュはあることを思い出した。

「ミロク亭のレシピは六浦社長がかつて、検見軍蔵から盗み出したものだと、若社長の育ての親が言っていた。六浦社長が検見軍蔵を知っている可能性は高い」

「じゃあ社長に話を聞いてみるか？」

リンはそう言ったが、ダッシュは否定した。

「君たちが離れてからしばらくして、六浦社長は倒れたんだ。頭の血管が切れ、まともに話ができる状態ではない」

「そんな……」

ミカは口に手を当てて驚いた。

「ここまで来たからには、何かほかに手がかりはないのか？」

落ち込む一同を見て、タミオはダッシュに問いかけた。ダッシュはしばらく沈黙した後に、口を開いた。

「ミロク亭が崩壊に向かったのは、ある人物が日本に帰ってきたからだ」

その人物には、リンもミカも見当が付いた。

「六浦社長の元上官、九鬼軍曹。九鬼軍曹に餃子を生中継で批判された時からミロク亭凋落の兆しが現れ、ほどなくしてシベリア食堂が台頭し始めた。九鬼軍曹はかつて、士官学校時代の検見軍蔵を教育し、タミオを育てたウンジャやジンペーとも旅をしたと聞いた」

ダッシュはタミオを見た。

「シベリア食堂へ、向かおう」

茅葺屋根の家に、夕日が差し込んでいた。

第十二章　落日

シベリア食堂が入る日本橋のビルの応接間から、タミオは東京の景色を一望していた。舗装された道路に、続々と建設されるビル群を眺めていると、ここが焼け野原だったとは想像もつかない。今日は天気もよく、東京タワーの奥に富士山も見えた。

棚にはたくさんの写真やトロフィーが飾られている。東京オリンピックの際に撮られた九鬼社長の開会式での写真や、冷凍餃子工場の竣工式を記念したものまで、シベリア食堂のこれまでの成功を伝える品々が並んでいた。

今は同じ餃子屋という立場で、タミオは老将と対面しようとしていたが、今日の席にウンジャとジンペーの姿はない。

ウンジャは九鬼軍曹との対面を拒否した。過去の人間に興味はないと相手にせず、その頑固さにタミオは呆れていたものの、いざ敵陣に乗り込んでみると手が震えてくる。臆していても、タミオに逃げるつもりはなかった。止まらない額の汗を、何度もハンカチで拭う。落ち着きのないタミオに比べ、フェーニャは応接間の椅子に深く腰掛け、動かなかった。ダッシュは窓際に立って、外の景色を見ていた。

ドアが開き、三人分のお茶を持ってきたのは肌つやのいい三条元副社長だった。

「やあ、ごめんごめん。よく来てくれたね」

お茶を出そうとする三条元副社長を見て、ダッシュも手伝おうとする。

「ご無沙汰しています、三条副社長。シベリア食堂は、お茶係も雇っていないんですか？」

ダッシュの手伝いを振り切って、三条元副社長は自分で配膳したがった。

「これは僕が望んでやっているのさ。色んな人の前に顔を出せば、何かのトラブルに巻き込まれやすいだろうからね」

「変わりませんね、副社長」

クセで元の役職を呼んでしまい、三条元副社長に訂正される。

「今の僕は副社長じゃなくて、単なる取締役。たいした仕事はしていないんだ。社長とゴルフに行ったり、会食に付き合ったりで、ミロク亭にいた頃と何にも変わっていないよ」

「三条さんが離れてから、ミロク亭は一気に瓦解しました」

三条取締役はがっくりと肩を落とす。

「こんなことなら会社に残っておけばよかったよ。僕は、君や六浦社長がうらやましくて仕方がなかった。もしミロク亭に居続けたら、どんな追い詰められ方をしたんだろうって。君も、食中毒の一件は大変そうだったね。僕に言ってくれれば喜んで矢面に立ったのに」

三条取締役は、ミロク亭の崩壊をうれしそうに語った。

「僕は死神からとことん嫌われているみたいだ。シベリア食堂はうまくいかないと思っていたのに、これだもの。僕に賭け事の才能はないんだね」

昔話に花を咲かせているダッシュと三条取締役をタミオが見つめていると、ノックもなしにドアが開いた。

せかせかした様子で入ってきたのは、紫色のジャケットを着たイソと、ぴっちりとしたスーツを着た九鬼社長だった。タミオは身構えていたが、朝の駅にいるような慌ただしさでイソが近づいてきた。

「おお、ダッシュ。久々じゃねえか」

ダッシュの返事を待つまでもなく、イソは無理矢理握手を迫った。

「ミロク亭を離れてから、ずっと心配してたんだぜえ。まさかまた懲りずに餃子を作っていたとはなあ。『タミオの冷凍餃子』、あれはたいしたもんだ。あれが出た瞬間、餃子の世界が変わると思ったね。お、あんたがタミオ?」

イソにぎょろりとにらまれて、タミオは身がすくむ。堂々と振る舞わなければならないと思っていたが、イソは間髪容れずにタミオとフェーニャの手を握った。

「餃子を凍らせて売るなんて、考えが若くなきゃ出てこない発想だ。あんな簡単に店の味を再現できるとなっちゃあ、もう店で餃子を食わせるなんて商売じゃ割に合わないってモンだ。ありゃあ、あんたが作ったの？」

「はい」

イソはたたみかけるように、話の主導権を握っていく。タミオとしては、アイデアを盗んだことをついてやろうとも思っていたが、とてもそんな空気ではない。

イソは、タミオの肩をつかんだ。

「うちで働かねえか？　あんたみたいに創意工夫できる人間は、喉から手が出るほどほしいんだよねえ。いくらほしい？　言い値の倍出すよ、月給で。研究所がほしかったら建てるし、人が必要ならかき集めてくる。悪い話じゃないだろお？」

フェーニャが、タミオの腕を引っ張った。

「タミオ」

「お、おお」

咳払いをして、タミオは九鬼社長を見た。

「今日は、お時間をもうけていただきありがとうございます。九鬼社長に、ある人物についてうかがいたいことがあって参りました」

九鬼社長はタミオの目を見ず、そわそわしている。その理由をイソが代わりに説明した。

「なあんだ、うちに入社するって話じゃなかったのかあ。今ちょっと立て込んでて、十分くらいしか時間作れないからよろしくねえ」

タミオはうなずき、静かに息を吸った。

「俺は、検見軍蔵の息子です。九鬼社長は、親父と面識があるとうかがいました。今、俺たちは親父を捜しています。どんなことでもかまいません。何か手がかりになるようなことをご存じでしたら、教えていただけないでしょうか」

検見軍蔵という言葉を耳にして、イソの表情が一変した。

「あんた、あの検見軍蔵の息子なの？　ほんとに？」

イソは満面の笑みを浮かべて、タミオをのぞき込んでくる。

「こりゃ奇跡だ！　検見軍蔵は六浦社長に餃子を教えた人物で、九鬼社長の部下でもあった！　その子が、冷凍餃子で名を上げようとしているだなんて！　こんな奇跡の物語、国民が食いつかないわけがない！　挫折、奮起、成功！　そういうものを、人は求めている。これは売れる、売れるぞぉ！　どうしてその事実をもっと前に出さなかったんだあ？　安心してくれえ、おれが、あんたを日本一の餃子屋にしてやるよお！」

興奮するイソを制止したのはダッシュだった。

「お前に話は聞いていない」

タミオはじっと九鬼社長を見ていた。年老いても大柄の身体つきで、太い眉にぎょろっとした目をしている。いかにも元軍人らしく姿勢はピシッとしており、簡単には人を寄せ付けない雰囲気があった。

九鬼社長は、じっとタミオを見据えて微動だにしない。長い沈黙が続き、タミオは瞬きすることとさえ忘れそうになる。

「検見軍蔵」

そう口にして、九鬼社長はあごひげに手をやった。

「まさか子がいたとはな」

タミオの目の奥にある、何者も恐れず飛び込もうとする野生の光が、九鬼社長に懐かしさをもたらした。

「ヤツは私の教え子の中で、最も問題のある男だった」

三条取締役は深くうなずいていた。

「言葉数は少ないが統率力に長け、状況を鋭く読み解くことができ、目的は必ず完遂する。ヤツを慕う学友は多く、先輩士官や教官からも、一目を置かれていた。当時、帝国陸軍の懐刀と呼ばれた藻多大佐直属の部下となり、軍事機密に関わる多くの任務をこなしていた。そう聞けば、優秀な人間だったと思うだろう」

九鬼社長はタバコに火をつけて、煙を目で追った。

「帝国軍人に最も必要なものは、武勇や知識ではなく、天皇陛下を敬う忠誠心だ。ヤツには恵まれた才覚を活かし、天皇家が日本の歴史においていかに奸臣の悪事や権力争いに巻き込まれ、危機に立たされたのかを知り、陛下を支える土壌を築き上げてもらいたかった」

九鬼社長は一同を見た。

「歴史というのは、建前の記録だ。軍人や政治家たちは、自らの手は汚さず、口先だけの忠義を若い軍人たちに教え、駒のように戦地でその命を使い捨てた。若さは、純粋な忠義を生み出すが、それは利用されやすい。忠義が陛下のためではなく、奸臣に利用されるものだとしたら、これほど不遜で、卑劣なことはない。私は検見軍蔵の才能を奸臣どもに利用されることなく、帝国軍人として育てるつもりだった」

九鬼社長がタバコを吸う姿を、タミオはじっと見た。

「ヤツは、信仰心が欠落していた。陛下や陸軍だけではない。私も、学友も、月の満ち欠けも、戦争の行方も、日本の未来も、自分自身も何もかも信じてなどいなかったのだ。私はヤツに何度も《特訓》を施したが、根っこが変わることはなかった」

九鬼社長はタバコを灰皿に押し付けた。

「朝鮮で再会したヤツは、変わっていた。自分の意思を持ち、内に燃える炎が太陽のように輝いていたのだ。何がヤツを変えたのか。私がそう尋ねると、ヤツはとんでもないことを口にした」

ショーグンの地下牢で聞かされた話を思い出すたびに、九鬼社長の顔が赤くなり、鼻の穴が膨らんでいく。

「究極の餃子が、俺を変えた、と」

重々しい話から突然、餃子という単語が出てきて、タミオは吹き出してしまった。非礼を詫び、タミオは頭を下げる。

「すみません。悪気はないんです」

横でフェーニャもこっそり笑っていた。ぎろりとタミオをにらみながら、九鬼社長は話を続ける。

「士官学校であれほど訓練に時間を費やし、陛下が紡いできた歴史の素晴らしさを説いたというのに、たかが食いもの一つで、あそこまで生き生きとなるのだから、とんだ痴れ者だ」

その景色を知る三条取締役が、にこにこ笑いながら補足した。

「検見軍蔵は、満州にいた頃、ほかの開拓村に遠征して、手作りの焼餃子を振る舞っていたんだよ。あれは戦争中だってことを忘れるくらい、楽しい時間だったなあ」

九鬼社長と視線が合い、三条取締役は身体を引っ込ませた。

「ソビエト軍がその開拓村に攻め込んできて、村に残った私と団長、検見軍蔵はシベリアに送られた。シベリアで、多くの軍人が転向した。戦陣訓を念仏のように唱えていた私の知る軍曹は、共産主義に目覚め、スターリンに忠義を捧げ、天皇陛下と日本政府を口汚く罵るようになった。戦争中は上官と部下の関係でも、戦争が終わって捕虜になればその関係は無に帰る。恨みを買っていた上官が、部下たちに殺されて埋められることもあった。信念など、雪原に埋められてしまったのだ」

ふと、九鬼社長はフェーニャに目をとめた。

「出身は？」

突然矛先を向けられ、フェーニャは、しどろもどろになりながら答える。

「えっと、実はわたしもシベリアからやってきまして……」

前屈みになった九鬼社長は、緊張するフェーニャを仔細に観察する。

「シベリアにいた頃、検見軍蔵に懐いていた少女に雰囲気が似ているな」

「それ、たぶんわたしです」

九鬼社長の白目が真っ赤になるのを、フェーニャは見た。

「なぜ日本にいる？」

「パーパに逃がしてもらったんです。餃子を追い続ければ、再び会えるとだけ言われて」

「ヤツの言う通りになったというわけか」

九鬼社長はスラックスで手の汗を拭って、話を続けた。

「私はシベリアでも、陛下のために生き延びて義を果たそうと呼びかけたが、支持を受けたのは検見軍蔵の餃子だった」

応接間の表彰状が飾られた棚に、光が差し込んできた。

「シベリアは寒く貧しい土地で、食べものが育ちにくい。ソビエトの中枢から送られてくる食糧は腐りかけのジャガイモや雑草ばかりで、栄養が足りていなかった。そんな環境で、餃子は重宝された。餃子が作れるとわかってから、ヤツはソビエト兵に炊事を任されるようになった。シベリアには、日本人やソビエトの兵だけでなく、支那人や朝鮮人、台湾人に欧米人もいて、ヤツの餃子は人種を問わず支持を受けた。生き延びていつか陛下に振る舞うべく、私もヤツから作り方を学んだ」

九鬼社長は足の古傷を手で擦った。

「ヤツは、帰国してから何をするか、よく語っていた。日本で仲間と合流し、餃子屋を始める。自分の餃子は、さらに究極に近づいている。これを持ち帰ったら、日本はひっくり返る。私は鼻で笑うだけだったが、ある日ヤツはぽつりと言った」

ビルの下からクラクションの音が聞こえてきた。その音が聞こえるまで、タミオはここが日本橋であることを忘れていた。

「もしあんたが日本に帰ったら、餃子を広めてくれと。それは貴様がやるべきことで、なぜ私がやらねばならないのだと、反対した。検見軍蔵がシベリアから姿を消したのは、その次の日のことだった。そのとき、あなたはヤツと逃げたのだな？」

フェーニャはうなずいた。

「はい。駅までは一緒だったのですが、追手に見つかってわたしだけ列車に乗り、日本へ渡ってからしばらく各地を転々としていました」

九鬼社長は頬に手を当てて、しばらく黙ってから続けた。

「ヤツがいなくなってから、私が餃子の担当となり、模範囚になった。そのおかげか、優先して帰国の許可が出て、故郷の地を踏んだ。港でミロク亭の餃子を食わされたとき、はらわたが煮えくりかえった。シベリアで食べていたものよりも粗末で、いい加減な食い物だったからだ」

九鬼社長ににらまれ、三条取締役は太ももの上に手を置いた。

「ヤツの約束を守るわけではない。軍人が必要なくなった日本で生きるために、私には餃子を作る技術しかなかった。私の餃子で日本の水準を上げ、陛下の食卓に供することを目標に、シベリア食堂を始めた。信念のないミロク亭がどのような一途をたどったかは、説明不要であろう」

「オリンピック以後、家庭用の冷蔵庫も増え、うちの餃子も好調でさあ。つくづく、九鬼社長は大変な思いをなさって、帰ってきてくださった」

イソはミロク亭が衰退したことなど気にせず言った。九鬼社長は咳払いをして続ける。

「餃子は売れ、成功したが、私は今でも思う。ここは本当に私の知る日本なのか？　禁欲で節制する日本人は姿を消し、欧米に追従して、誰もが金儲けに走っている。陛下の御身を心配する若者の声はなく、誰もが忠義を忘れている。戦中は陛下に忠義を誓っていたのに、戦争が終わった途端に陛下を悪だと断罪し、過去の日本のすべてを否定する。あまりにも簡単に意見を変える日本人は、腹の底で何を考えている？」

目が回りそうになった九鬼社長は、深く呼吸をして、もう一度タバコを吸った。タバコを挟む指が、ぷるぷると震えている。

「今の私が望むのは、ただ一つ。陛下に、シベリア食堂の餃子を食べていただくことだ。それさえ叶えば、多くの同胞たちが救われる」

腕時計を見たイソは飛び上がった。

「社長！　時間です！」

九鬼社長を立たせたイソは、一同に挨拶をした。

「今日は話ができてよかったあ。また、場を設けようじゃねえか。おれたちゃ、ライバルに変わりはねえが、餃子の道を進む同志でもある。これからも仲良くしていこうぜえ」

「今、うちはちょっと面倒なことになっていてね。今度こそ、僕は死に時を逃さないぞお！」

不穏なことを口にした三条取締役を、九鬼社長は一喝した。

「金に目がくらんだ労働者どもを、このままつけあがらせてなるものか！　あの反逆者どもめ、誰が雇ってやってるかを思い知らせてやる」

九鬼社長は思い悩むより、怒鳴り散らしている方が生き生きとしていた。去り際に、九鬼社長はじっとしているタミオを見た。

「餃子の世界は、修羅ばかりだ。父恋しさに餃子を作っているのなら、足を洗え」

イソと会話をしながら、九鬼社長は応接間を出ていった。三条取締役が、部屋を出る前に胸ポケットから何かを取り出した。

「これを返しておくね」

机の上に置かれたのはボロボロの手帳だった。タミオがそれをめくり、フェーニャが声を上げた。

「パーパの絵！」

三条取締役は頭を下げた。

「ミロク亭の頃、僕はこれを見て厨房に立っていたんだ。ダッシュたちに餃子づくりのいろはを教えられたのも、この手帳のおかげだ。これをずっと持っていたから、僕は長く生きてしまったのかもしれない。今度は君たちに、これを託すよ」

グンゾーの文字が書かれた手帳を見て、フェーニャは涙を堪えている。三条取締役が出ていくと、緊張が解け、タミオにどっと疲れが押し寄せてきた。

タミオはしばらく黙ったまま、ドアを見つめていた。ダッシュがタミオの背中を叩いた。

「世界は、思想や信念など無視してどんどん変わっていく。誰もが、自分の育った時代が一番正しいと思っているし、変わっていく世の中が間違っていると考える。過去に最も捕らわれているのはあの軍人だ。僕らは僕らの時代を生きればいい」

タミオは一度うなずいて、フェーニャを見た。

「すまなかったな、親父のこと、あんまりわからなくて」

フェーニャはタミオの手を取った。

「ううん。パーパの手帳、返ってきてよかった。タミオこそ、平気？」

タミオは、ただ言葉を失っていたわけではなかった。ペラペラとグンゾーの手帳をめくっていく。

「話を聞いていて、一つ気付いたことがあるんだ」

「何？」

フェーニャに問いかけられたタミオは笑顔だった。

「餃子は、いつも旅をしている。いろんな土地の具材をタネにして、いろんな人種に食べてもらい、形を成していく。フェーニャもダッシュも、旅がきっかけで俺と出会うことになった。餃子は人を結び、新しいものを生み出す。それを今の日本でやるにはどうすればいいのか、ずっと考えていたんだ」

意気込みを新たにするタミオに、ダッシュは厳しく問いかける。

「やる気が出てきたのは結構だが、大切なのはどう行動するかだ。今の君に求められているのは、シベリア食堂やミロク亭とは異なる道を見つけることだ」

「それなんだよ！」

立ち上がったタミオは、窓に近づき下界を眺めた。タミオは二人を手招きして呼び寄せる。

「見てみろ」

ミロク亭にいた頃も、高いビルから東京の景色を見てきたので、ダッシュにとってさほど珍しい景色でもない。フェーニャは景色の良さに声を漏らした。

「都会の光景に感動するほど、僕は田舎者じゃないぞ」

「何か気付かないか?」

「何かだと?」

昔に比べて高い建物が増え、東京の景色は日に日に変化している。見慣れた景色だったからこそ、タミオが何を言いたいのかダッシュにはわからなかった。代わりに、フェーニャがあるものを指さした。

「あれは?」

問いかけに答えたのはダッシュだった。

「首都高速道路、自動車専用の道路だ。今、日本各地を高速道路で結ぶことが計画されている。首都高は東京オリンピックに合わせて作られたんだ」

「わかってるじゃねえか」

得意げなのはタミオだった。

「なんだか君に誘導されるのはしゃくだな。何が言いたい?」

タミオは二人と一緒に、真新しい首都高を走る車を見た。

「商売は、ライバルを蹴落として成功するやり方もあると思うが、一方でまだ誰も手をつけていない市場に乗り込むのも作戦だと思うんだ。そこで出てくるのが高速道路さ」

タミオは高速道路から地平線に視線を移した。

「高速道路で遠くへ行こうとすると、休憩が必要になる。その途中にサービスエリアという給油や軽食が取れる場所を、各地に設置していくみたいなんだ。そこで餃子を出すのはどうかな。サービスエリアのレストランだから、俺たちが店舗を持つ必要もないし、車で冷凍餃子を運ぶから、高速道路上に輸送先があるっていうのは理に適《かな》っている。運転で疲れた時に、うちの餃子はきっとぐっとしみる味になるはずだ」

ダッシュは険しい表情をして、タミオに詰め寄った。

「君は……」

怒られると思ったタミオはさらに説明を続ける。

「待て、怒るのはまだ早い！　高速道路ってのは結局、旅する場所だろ？　俺たちは旅をすることで人に出会い、餃子を知ったのだから、今度は俺が餃子を旅させる番だと思ったんだよ。ここならまだ誰も気付いていないだろうし、悪くない話だと思うんだが……」

ダッシュが窓を思い切り叩いたことで、フェーニャとタミオは一歩後ろに下がった。

「君は、まだ学習していないのか！」

おびえるタミオを、フェーニャがかばおうとする。

「そんなにダメだった？」

ダッシュは二人に顔を近づけて小声で言った。

「ダメなものか！　どうして不用心にアイデアを口走ったりする！　僕らは賊の巣窟にいるんだぞ？　タミオ、それは名案だ。どうしてもっと早く言わなかった？」

「さっき思いついたんだよ。親父の手帳を見ていたら、つくづくいろんなところに行っているなあと思ってさ。ちらっと外を見たら高速道路が見えたもんだから、そうだ、車の客に食べさせりゃいいんだ、って思ったわけだ」

珍しく機嫌をよくしたダッシュは、タミオの背中を強く叩いた。

「いってえ！」

「素晴らしいぞ、タミオ。まさか一杯食わされたシベリア食堂の本社で、新しいアイデアがひらめくなんて痛快だ。僕はこれから建設省の知り合いに話を聞きに行く。善は急げだ。これから、忙しくなるぞ。タミオの餃子は、旅から始まるんだ」

シベリア食堂の応接間を、意気揚々と飛び出していくダッシュを、タミオとフェーニャは目を合わせて追いかけていった。


シベリア食堂は、労働争議を抱えていた。同業他社に比べて高賃金で労働者を雇っていたが、労働環境についてはあまり省みなかった。冷凍食品の工場は寒く、心身に支障を来しやすい環境だったので、労働環境の改善を工場から要求された時、九鬼社長は激怒した。

「あれだけの金を払わせておきながら、まだ文句を言うのか！　これだから労働者に甘い蜜を吸わせるのは嫌なのだ。少しでもこちらが譲歩すれば、つけあがる。恩知らずな要求をしてくる不届き者は、即刻クビにしろ！」

日本は贅沢病にかかっていると言って、九鬼社長は労働者たちからの要求を無視した。シベリア食堂の業績は向上する一方、過酷な環境は一向に改善されず、怪我や病気になったら使い捨てられる環境に、労働者たちは我慢の限界に来ていた。これまでのようにストを敢行しても、黙殺されるだけだったので、労働者たちは新たな作戦に打って出た。

安保条約改定以後、様々な抗議活動は一度は収束していたが、ベトナム戦争の反戦デモに乗じて活動家が息を吹き返していた。シベリア食堂の労働者たちは、労働争議の助力を、彼らに頼んだのであった。

活動家たちを招き入れたことにより、揃いのヘルメットやゲバ棒で武装するようになって、冷凍餃子の工場は要塞のようになった。主張もシベリア食堂の労働環境改善だけにとどまらず、ベトナムに平和を、といった文句や、佐藤政権を打倒せよなどと、政治的な文言も目立つようになっていた。

工場でのストライキが過激化しているという報告を受けて、九鬼社長は憤慨した。

「何がストライキだ！　騒ぎたいだけの学生や、インテリ崩れどもまで巻き込みおって！　我が社を不当に占拠しているのだから、不届き者は全員逮捕しろ！　やつらは陛下の安寧を乱す、狼藉者《ろうぜきもの》どもだ！　機動隊は何をしておる！」

警察署長にでもなったような言い分だったが、イソの憂慮は深かった。

「社長、ここは一度退きましょうや。ただでさえ工場が止まって、製造が追いつかなくなっているんだから、長期化するのは避けないと。社長も、ミロク亭を見ていたでしょう？　どんな種類の騒動であれ、企業にとって問題の長期化は百害あって一利なし。ここは、おれたちが労働者たちの意を汲んで、工場の設備の見直しをすればいいだけの話でさあ」

九鬼社長はイソの胸ぐらをつかんだ。

「こんな暴挙を許したら、ほかの企業の労働組合も暴走を始めかねん！　シベリア食堂は陛下を支える大企業になったからこそ、不逞の輩に屈しては、示しがつかぬ！」

「騒動が長引けば、シベリア食堂のイメージががた落ちでさあ。現におれぁ、火消しのためにテレビ局や新聞社へ行ったり来たり。今退けば、活動家どもは新しい寄生先を見つけてどこかへ行っちまうでしょうよ」

興奮した九鬼社長は、激しくイソに迫った。

「ならん！　こちらは徹底してだんまりを決め込み、やつらが音を上げるまで耐え抜いてみせる！　何があろうと、譲歩するのはやつらの方だ！」

イソは、似た悪夢を見たことがあった。

シベリア食堂がソビエトのスパイ活動を行っているというデマが広がってから、一気にきなくささが増した。政府や警察から厳しい目が向けられるようになって、当初の労働者たちは次々とシベリア食堂を離れ、活動家たちだけが残される形となった。人材流出に危機感を覚えた活動家たちは、反戦や反体制運動家にとどまらず、ヒッピーや若い学生に至るまで様々な人間を呼び寄せて、いつしかシベリア食堂は抗議活動の根城と目されるようになった。

九鬼社長が警視庁に呼ばれ、活動家たちを検挙する算段がついたと思い、安堵の思いで霞が関に向かったら、事情聴取をされることとなった。

「……私が、ソビエトとつながっている情報を手に入れただと？」

歴戦の警察官たちも、旧日本軍の軍曹が怒り狂う様には、気圧されていた。

「貴様らはそれでも公僕か！　陛下の警護を任されている貴様らが、やつらの吹くホラに騙されてどうする！　やつらを追い払いたいと思っているのは、私だ！　それなのに、この私を呼び出して、逆賊だと？　バカも休み休み言え！」

警視庁をあとにすると、皇居がよく見えた。

民だけでない、官僚や政治家、警察までもが本来の職務を忘れている。死ぬ思いで戦地とシベリアを生き抜き、国に帰ってからも金の亡者と罵られながら、意見の合わないおちゃらけた若造と共に、会社を大きくしてきた。すべては、天皇陛下のため。今となっては、陛下に仇《あだ》なす叛徒と見なされ、自分よりも若い警察官から嘲笑混じりの尋問を受ける始末。

活動家に譲歩せず、警察にも頼らずに、どうすれば問題を解決できるのか。九鬼社長は皇居へ敬礼して、霞が関を離れた。

イソが九鬼社長の聴取に同行できなかったのは、テレビ局の関係者と銀座に繰り出していたからだった。シベリア食堂はまだＣＭを続け、商品を売り込む手を止めてはいない。イソの元に一本の電話が入り、中座してクラブの入り口近くにある公衆電話の受話器を取った。

「工場が火事だあ？」

大きな声を出し、急いで口を閉じる。工場が燃えているなんて、記者たちに知られる訳にはいかない。

工場が占拠されて以降、活動家たちに対してイソも策を講じていた。現在の活動家たちのやり方に不平を持つ一派に根回しをして、対立をあおらせていた。そのいざこざが激化して火事が起きたのであれば、問題はなかった。

現地へ向かうため、同席する関係者たちに、何の用だと聞かれた時、イソは笑顔を見せていた。

「工場でボヤ騒ぎが起きたみてえでさあ。これで、暴れる連中が全部燃えちまったら、楽なんですがねえ」

タクシーで本社へ向かった。イソが最も優先したのは、九鬼社長を釘付けにしておくことだった。社長室に九鬼社長の姿はなく、秘書室でイソは声を上げた。

「会合に姿を現していないと連絡が入ったあ？　どうしてそれをはやくおれに伝えねえかなあ。警視庁に呼び出されたのは知ってるよ。一度、ここに顔を出した？　しばらく社長室にこもったあと、三条取締役が入ってきて、二人で一緒に会社を出て行ったわけか。んで、誰も社長と連絡がついていないと」

珍しく慌てたイソは、タクシーで工場へ直行した。工場の位置を、タクシーの運転手に細かく伝える必要はなかった。川越街道をしばらく走っていると、闇夜に明るく燃える場所が遠くに見えたからだ。現場に近づくにつれて、野次馬の数も増えていった。完全な渋滞にはまって身動きが取れなくなると、イソは車を降りて現場に走って急行した。

工場の周辺は茶畑が広がるのどかな場所だったが、見物客が押し寄せてきて、炎上する城を取り囲むように人混みとなっていた。消防車の数と同じくらい、機動隊の車が停まっていた。火の勢いが強く、消火活動は難航している。通常の火災現場と異なっていたのは、消防士の横で、防護服を身にまとった機動隊員が建物に向かって盾を構えていることだった。


「おれぁ、関係者だ！　通せ通せ！」

イソは、指示を出していた消防士に話しかける。

「何があった？　説明してくれえ」

鬼気迫るイソの雰囲気に、消防士が状況を伝えようとした時だった。

どおんという腹の底に響く地鳴りのような音と共に、あちこちからガラスが飛び散る音が響き渡った。集まっていた見物客はちりぢりになり、機動隊も隊列を下げた。

「どうなってやがる！」

地面に伏せながらイソが叫ぶと、かばいながら消防士が答えた。

「中で、銃撃戦が起きてるんですよ。誰かが武器を持ち込んで、デモ隊に襲いかかったんです。銃撃の音が聞こえると通報を受けて駆けつけた時にはもう、工場は燃えていて。まだ戦闘は続いています。機動隊が中を確認しようにも、火の手が強くて中には入れない状況でして」

「デモ隊同士がモメてやがるのか？」

消防士は首を振った。

「逃げ延びた連中に話を聞いたところ、突然二人組の男が近づいてきて、銃を乱射したと言っていました」

それだけで、もうイソにとっては充分だった。大の字に寝転がって、イソは笑った。

「ははっ、そうかあ。今度は何をするかなあ」

燃えさかる工場の中では、勤務予定が貼られたボードや、職員の制服が並べられたロッカー、九鬼社長が提言した標語が書かれた紙、すべては燃え尽き、灰となって宙を舞っている。奥から、機械の崩れる音が聞こえ、悲鳴が上がった。

「社長、片付けてきます」

銃を抱えた三条取締役は、冷静だった。

九鬼社長に呼び出され、逆賊を討つ、敵は工場にあり、と告げられた時、三条取締役はこれまでとは違う死の香りを嗅ぎ取った。敵を掃討しに行こうとする三条取締役を、九鬼社長は静かに止めた。

「もういい」

そう告げた九鬼社長の左肩はひどいやけどを負い、右足の付け根からの出血が止まらなかった。三条取締役が止血を施したものの効果は薄く、九鬼社長は周囲が溶鉱炉のように熱くなっているのに、顔は青ざめ、小刻みに震えていた。

「これで叛徒どもは壊滅だ。これ以上、やつらをのさばらしていては、陛下のお目汚しになる。私も、陛下に仇なす反逆者の汚名を、返上できそうだ」

三条取締役は、火炎瓶を悲鳴の聞こえた方角に投げ込み、安全を確保しながら言った。

「しゃべらないでください、社長。僕より先に死ぬなんて許しませんからね。どうしてみんな、僕に道を譲ってくれないんだ。誰もが僕を抜いて、あちら側へ行ってしまう」

倒れ込んだ九鬼社長を背負おうとしたが、拒まれた。

「陛下に、餃子を召し上がっていただけなかったのは心残りだが、務めは果たした。三条、貴様はクソの役にも立たない出来損ないだったが、よく私に尽くしてくれた。貴様たちが生き延び、あの不気味な世渡り上手を育てなければ、シベリア食堂はここまで発展することはなかった」

ゆっくりと息を吸い、九鬼社長は話を続ける。

「陛下の宝である、我が命を自ら捨てようとすることなど許しがたい反逆。生きて、死が訪れるまで尽くすことこそ、臣民である。この考えゆえに、私は孤立の道を歩んだが、貴様たちが成したことを思えば、私の考えは正しかったのだ」

「僕を褒めるなんてらしくないですよ！　しっかりしてください！」

九鬼社長の身体を起こそうとするが、土嚢《どのう》のように重く、持ち上げられなかった。

「騒動の後始末は、私自身でつける。貴様は行け」

三条取締役は瓦礫を背もたれにして九鬼社長を座らせ、自らも座った。

「最期までお供します。僕はこの時をずっと待っていたんですから」

天井から屋根が崩れ落ちてきた。黒煙と火炎が入り交じり、呼吸が苦しくなってくる。

この期に及んで、九鬼社長の脳裏に浮かんできたのは検見軍蔵だった。

「……検見軍蔵」

九鬼社長は薄れ行く意識の中、つぶやいた。

「忌まわしい男だ。私が、冷凍餃子をこれだけ世に広めたというのに、当の本人はまるで姿を見せない。まるで、私たちは、この国に餃子を広めるため、ヤツに利用されたようではないか」

最期に三条取締役が耳にしたのは、九鬼社長の笑い声だった。

「ふはは、だが、私は義を尽くしたぞ。貴様には、この私ほど餃子は広められまい。どうだ、参ったか。貴様にはそもそも、上官を敬うという心が、欠けている……」

工場の支柱が音を立てて倒れていった。消防車の放水も意味を成さず、工場は夜明けまで燃え続けた。機動隊員や消防隊が、全焼した工場に突入する頃になると、イソの姿はどこかへ消えていた。

第十三章　継承

　東名高速道路を走っていると、ラジオから時事特集が流れてきた。

「……三年前、都内の冷凍餃子工場で銃撃戦が起きた、いわゆるシベリア食堂事件で、本社であるシベリア食堂が今日、経営破綻しました。労働争議が長引くにつれて、反政府運動へ拡大していく中で、当時シベリア食堂の社長だった九鬼宗興氏が、武装して工場を占拠するデモ隊に突入。激しい銃撃戦の末、工場は全焼し、多数の死者が出ました」

　低音で滑舌よく喋るコメンテーターに、女性のアシスタントが相槌を打つ。

「当時は連日、テレビでも新聞でも報道が過熱していましたよね」

「事件以降、シベリア食堂は主要な工場を失い、残された工場で製造を続けましたが、騒動の影響は大きく、売り上げががくんと落ちていきました。デモ隊の家族とシベリア食堂との間で裁判が起こり、賠償金の支払いにも苦しんだ結果、倒産という道をたどることになりました。ユイちゃんは、冷凍餃子って食べますか？」

「私、餃子大好きで、自分でもよく作るんですよ！」

「じゃあ、ボーイフレンドにも作ってあげるんだ？」

「実はカレに作ってあげようとしたら、失敗しちゃって。その時、シベリア食堂の餃子を代わりに出したら、カレ、おいしいおいしいって喜んでくれたんです」

コメンテーターは笑った。

「料理が苦手な人にとってみれば、シベリア食堂の餃子は救世主だったわけだね」

「別に苦手じゃありません。たまたま失敗しちゃっただけなんですって」

「はいはい」

「信じてないでしょ」

「私も若い頃はお金がなかったのでミロク亭の餃子を食べ、結婚をしてからは妻がシベリア食堂の餃子を、ユイちゃんのように、手作りだと言って出してくれたものです。今でこそ餃子はおなじみの食べものになりましたが、ミロク亭にせよシベリア食堂にせよ、普及させるという意味では大きな任を背負い、その役目を終えたと考えるべきかもしれませんね」

「これ、奥さんに聞かれたらまずいんじゃないですか?」

「今日は晩飯抜きになっちゃいそうだ」

タミオの小型トラックはサービスエリアに入っていった。番組のあと、『タミオの冷凍餃子』のCMが流れたあたりでラジオを消して車を降り、荷台から冷凍の餃子が入った木箱を台車に載せ、レストランに向かった。

よく晴れた休日とあって、レストランは盛況で、カレーライスを食べる一家や、ラーメンを勢いよくすすっているトラックの運転手まで、客層は様々だ。レストランの裏口から木箱を運び、休憩室へ向かおうとしていた従業員のおばちゃんに挨拶をして、倉庫の扉を開けた。数を確認して、新しい在庫を置いて倉庫を出ると声をかけられた。

「よう、若！」

バックヤードに現れたのは、ポニーテール姿のリンだった。

「リンさん！」

軍手を外して、タミオは挨拶をした。

「今日はこっちにいたんだ。お、制服、よく似合ってますよ」

リンの制服は、襟とボタンの付いたワンピースの上からエプロンを着ていた。リンはタミオの耳を引っ張り上げる。

「バカにしてんな。あたしが着る必要なんてないんだ。現場に出るわけじゃないんだから」

耳を引っ張られながら、タミオは笑った。

「ミカさんに言われたんでしょ。現場には統一感が必要だから、私服でホールには出るなよ、って」

リンは、タミオの耳からぱっと指を離して驚いた。

「盗み聞きでもしてやがったのか、おまえは？」

タミオはこっそりと調理場をのぞき込んだ。若い女性の従業員が、餃子を焼いたり、オムライスを作ったりと忙しない。

「やっていけそう？」

タミオの問いかけに、リンはポニーテールをほどいて答えた。

「みんな、少しずつ慣れてきているよ。若には感謝しねえとな。いつかは、何らかの形で世の中に触れながら生きていかなきゃ、人は死んじまう。素性のわからねえ会社にうちの子らを預けるわけにもいかねえ。若がサービスエリアを紹介してくれて、あたしもミカもどれだけほっとしたことか」

厨房で調理をする女性も、食事を運んでいくウェイトレスも、タミオがグンゾーの実家で見た覚えのある人たちだった。

「リンさんも、たまに顔出してるの？」

結び目に納得がいったリンは、鏡でポニーテールを確認していた。

「いきなりあの家を離れて暮らすってのも、この子たちには厳しいからな。週に何度かレストランの手伝いをしながら、家事も一緒にやって、独り立ちさせようとしてるってわけ」

「リンさん、家事できるんだ」

リンはタミオの鼻をねじ曲げた。

「おまえ、やっぱバカにしてるだろ。あたしは、ミカとドブみたいなところで育ってるんだ。大抵のことは自分でできる」

「洗濯も？」

リンは得意げだった。

「当たり前だろ！　洗濯なんて、粉の洗剤をどばっといれて、ざざっと洗って干せばそれで完了。ミカに比べて洗剤の減りが早いのは気になるんだがな」

はっはっは、と笑うリンを見て、タミオは何も言わないことにした。

「一国一城の主ともあろうおまえが、なんだって使いっ走りみたいなことをしてるんだ。餃子を運ぶなんて、ほかのやつにやらせておけばいいだろ。もっとやることがあるんじゃないのか?」

「なんのこと?」

リンはタミオを小突いてくる。

「聞いたぜ、ブンシから。アメリカ行きの話、出てるんだろ?」

ミロク亭退社後、米国へ渡ったブンシは、各地のチャイナタウンをめぐり、餃子の認知度を調査していた。ファストフードとしての可能性は感じたものの、彼に餃子を作る技術はなかった。タミオの冷凍餃子が売れているというニュースは、アメリカでの武器を求めていたブンシにとって、渡りに船だった。

盛り上がるリンに比べ、タミオの表情は変わらなかった。リンは、さらにタミオの脇腹を突っついていく。

「すげえことじゃねえか! まさかアメリカで餃子を広める計画を立ててやがったとはな。帰国早々、いきなり打診してくるんだからブンシもよほどの餃子中毒だ。悪い話じゃないと思うぜ。アメリカに餃子で乗り込んでいくなんて、面白そうじゃねえか!」

あまり話に乗ってこないタミオに、リンはしびれを切らした。

「興味ないのか? アメリカ進出に」

ウェイトレスがラーメンと餃子をのせたトレイを持って、ホールへ出て行った。

「興味はあるよ。ただ……」

「ただ？」

リンは腕を組んだ。

「どこのサービスエリアでも、若の餃子が食えるってのはすげえことだし、もっと自信を持っていいはずだぜ。若は検見軍蔵を捜してるんだろ？　あの男なら、アメリカにいたっておかしくはない。何をそんなにためらってやがるのさ」

「そうだよな」

ぼうっとしたタミオに、気勢をそがれてしまったリンは、首に手を当てた。

「何か悩みがあるなら、一番にフェーニャに話をしてやれよ。隠し事の数だけ、他人を信用していないってことなんだからな」

リンに言われた最後の言葉は、帰りの高速道路を走っている間、タミオの頭の中で何度も繰り返された。『タミオの冷凍餃子』は着実に販路を広げ、タミオも営業戦略の会議に出たり、人事からの報告を整理したり、商品開発に顔を出したりと、忙しかったにもかかわらず、リンたちの駆け込み寺から巣立ちした女性たちが勤務するレストランへ搬入に行くのは、運転していると考えが整理できるからだった。

一台の白いスカイラインがずっと後ろからつけてきていた。かれこれ一時間近く、後ろの車が変わっていない。あえて会社へ向かうのと反対の道に曲がり、黄色信号で撒こうとしても、車はしぶとく追跡してくる。

街道沿いのうらぶれたそば屋に、車を停めた。追っていた車は、そのまま通りを進んでいき、見えなくなった。

せっかくなので店に入り、味噌田楽と瓶ビールを注文した。夕方にはまだ早いこともあり、客入りはまばらで、店主が田楽を茹でている間、女将は暇そうに新聞を読んでいる。ビールを飲みながら窓の外を見ていると、先ほどの白いスカイラインが戻ってきて駐車場に止まった。逃げようと思った時にはもう遅く、一人の客が入ってきた。

「いらっしゃい。こちらへどうぞ」

女将が窓際の席に案内しようとしたが、客は慇懃にそれを断った。

「知り合いと一緒なんだあ。同じの、持ってきてよ」

タミオの前の席に座ってきたのは、イソだった。紫色のスーツに、金のティアドロップのサングラスをかけ、手には鰐皮のハンドバッグ。その出で立ちに、女将の表情は引きつっていた。

「よお、若社長、偶然じゃねえか。相席、いいかな?」

偶然という言葉の意味が、タミオとイソでは異なっているらしい。イソは店のメニューをじっくりと見回し、観察を続けていた。イソの瓶ビールがやってくると、自分のものに注ぐ前に、タミオの飲みかけのコップに注いだ。

「聞いたぜえ、若社長。アメリカに出ようって噂じゃねえか」

イソは大きな音で拍手した。

「やっぱり、あんたは検見軍蔵の息子なんだな。開拓精神に満ちた、時代の寵児ってやつだあ！」

イソは一人で盛り上がっていた。イソはグラスのビールを一気に飲み干してから、ぐいとタミオに顔を近づける。

「んだけどお、このままじゃ、とても勝ち目はねえ。どうしてだかわかるかあ？」

味噌田楽がやってきた。タミオはかじりつこうとしたが、熱くてすぐには食べられそうにない。イソは熱さなど気にせず、口の周りを味噌だらけにしながら話を続けた。

「日本で成功した、保険がたっぷりとかかったようなやつが、アメリカに乗り込んだって、捨て身で成功しようとしてるやつらは認めちゃくれねえ。それに対抗するには、こちらが、骨太な物語、ストーリーってやつを、準備しておかなきゃなんねえんだ」

パンと手を叩いて、イソは板わさと焼き鳥も注文した。

「戦後になって、検見軍蔵を見つけ出したやつはいねえ。あんたの親父は、餃子界の生ける伝説になっているのさ。大事なのはここからだ」

イソは板わさを箸で何枚も重ねて食べ、焼き鳥を頬張って、一気に串を引っこ抜いた。

「あんたの餃子はアメリカに進出するが、なかなか軌道に乗らない。そんなとき、噂を耳にする。餃子を探している日本人がアメリカにいるってな。あんたは、飛行機に乗って、そいつに会いに行く。もうわかるよな、それが検見軍蔵さ。あんたは検見軍蔵に自分の餃子を食わせてやる。あんたが生み出した餃子は、俺が受け継いでいるよってな。生き別れた親子が、アメリカにたどり着き、運命の再会を果たす。これこそ、自由の国アメリカがもたらした奇跡！　生き別れた親子を結びつけるほどの、強い力を持った餃子！　この感動的なストーリーは、アメリカ人だって、無視できねえ！」

タミオはビールを飲み干した。つまみはほとんどイソに食べられてしまっていたが、お腹はいっぱいだった。

「それは、全部あんたの作り話だ」

タミオは静かに言った。ミロク亭が発展し、シベリア食堂が覇権を握った時に、イソはいつも玉座の隅に控えていたが、ミロク亭が没落し、シベリア食堂が倒産する頃になるとイソはどこかへ姿を消し、ほとぼりが冷めてひょっこりと再び姿を現してくる。そのしぶとさは、狡猾《こうかつ》さの域を超えていた。

冷たくあしらわれて、イソは口角を上げた。

「それが現実のものになるとしたら、どうする？」

イソは、ハンドバッグから数枚の手紙を取り出した。そこにはびっしりと文字が書き連ねられている。

「これぁ、おれの使者からの報告書だ。シベリアの収容所から脱出した検見軍蔵がその後、どういう足取りをたどったのか、知りたくはねえか？」

タミオは、手に持ったグラスを口まで運べずにいた。イソは、さらに餌を撒いていく。

「検見軍蔵は今、イタリアにいる」

イソは口の中のものをごっくんと飲み込んで続けた。

「イタリアのサルデーニャ島に、ラヴィオリという餃子に似た食いものの修業をしている東洋人がいると聞きつけたんだ。身体が大きく、ぶっきらぼうだが、各国の餃子を熟知していて、異様なほど執着している人物。こんな特徴に該当する人間なんざ、そうはいねえ」

イソは手紙を封筒から取り出して、わざとらしく広げながら読み始めた。

「地中海の新鮮なイワシや、薫り高いチーズ、太陽を思わせるワインなど、イタリアを代表する食品には目もくれず、ラヴィオリにのみこだわる奇怪な東洋人は、島にたどり着くまで数奇な旅を続けていた。シベリアに抑留されていたこの東洋人は、馬を盗んで逃げ出したカザフスタンでマンティというダンプリングに出会ったことを、しばしば熱く語った」

「ダンプリング？」

手紙を横にしながら、イソは首を曲げた。

「餃子っぽい食いもののことを総じて、ダンプリングと呼んでるみてえだ。この手紙は報告書というより、伝記を見ているようで身体がかゆくならぁ」

「続けてくれ」

タミオに言われ、イソは読み直す。

「マンティは羊や牛の肉を包む中央アジアのダンプリングであり、東洋人はそこに加えられる多種多様なスパイスに驚いたことを口にし、その後カスピ海を渡ったアルメニアではマンティの上にガーリックを加えたヨーグルトをかけているのを見て、失神したそうだ。アメリカでは、世界中の人種が集い様々なダンプリングが交わっているだろうと話すと、滅多に笑顔を見せないこの東洋人は、頰に深いしわを刻みながら、にやりと笑うのだった……」

そこまで読み上げると、手紙を封に入れ、タミオに渡した。

「これぁ、おれからのお近づきの印だ。それだけじゃないぜ」

封筒の横に、一枚のチケットが置かれた。

「おれぁ、イタリアに飛び、検見軍蔵に会いに行く」

この薄っぺらなチケットを持って空を飛べば、父に会うことができる。イソは気まぐれに打診してきたわけではなく、タミオの人生を揺さぶろうとしていた。

イソは瓶ビールを空にして、追加で熱燗《あつかん》を注文した。顔は真っ赤になっていたが、頭は冴えているようだった。

「単刀直入に言うぜ、若社長。おれにアメリカ進出を委《ゆだ》ねろ。それが親父さんに会わせる条件さ。ダッシュやブンシみたいな内弁慶じゃあ、世界を相手に戦えやしねえ。おれぁ、現に検見軍蔵を見つけ出した。あんたと検見軍蔵が出会えば、餃子が世界中で食べられる世の中になる。世界中で食われる餃子こそ、究極の餃子なんじゃねえのか。あんたは親父に再会できて、おれぁ世界を変えられる。こんないい話、ないだろお？」

湯気の立つ熱燗をおちょこに注ぎ、イソはぐいっと飲み干した。

「あんたは、何も準備しなくていい。覚悟だけ決めておいてくれえ」

熱燗を空にしたイソは、女将に一万円札を渡して、つりももらわずに出て行った。タミオは酒を飲んだはずなのに、酔えなかった。

小型トラックを会社に戻し、運送会社の友人から食事の誘いが入ったと秘書に言伝《ことづて》をもらったものの、断って築地にある自宅へ戻った。今日は、フェーニャが先に帰って待っていてくれた。

夕食はキャベツとトマトのスープだった。タミオとフェーニャは、舌をフラットに保つため、普段から薄味の食事に徹している。今夜は久々に顔を合わせて食事をするが、会話は少ない。

食器を洗って戻ってきたタミオは、軽い調子で問いかけた。

「どうだった?」

むいたリンゴを食べようとしたフェーニャの手が止まり、タミオの横に座り直す。

「夜は店を閉めているみたい」

家の窓から東京タワーが見えた。

「最近、ご近所の方も姿を見かけなくなったって言っていた。さすがジンペーだね。絶対に後をつけられないよう、二時間もかけて迂回するの」

「場所はわかったのか?」

フェーニャは黙ってうなずく。

「麻布。ジンペーは毎日朝四時に起きて迂回したあと、病院に行ってから店に戻って、また夕方に二時間かけて寄り道して病院に行っている」

タミオは深々と息を吐き出した。

「ここまで徹底してると、恐ろしくなってくるな」

「それくらい、心配をかけたくないんだよ」

リンゴをかじってみた。少し固く、水気が多い。甘さは少なかったが、食後の舌を休めるにはちょうどよい風味だった。タミオは、イソから渡された手紙を取り出した。

「今、親父はイタリアにいるらしい」

フェーニャは背もたれから身体を離して、タミオを見た。タミオは手紙を取り出しながら淡々と続ける。

「さっき、イソに会って、これをもらった。ここには、シベリアを離れてからイタリアにたどり着くまで、親父の歩みが記されている」

フェーニャに代わってタミオが読み上げた。手紙は八枚あった。二度読み直したあと、手紙を受け取ったフェーニャはにおいを嗅いだり、紙を裏返したりしていた。

「やつは、条件を出してきた。冷凍餃子のアメリカ進出の企画をイソに委ねれば、親父に会わせてやると」

フェーニャはりんごを食べ終わるまで、何も言わなかった。夜の築地は、夜明けの賑わいが嘘のように静かになる。さほど遅くもない時間に起きているだけでも、真夜中に二人きりで話をしているような、静寂だった。

言葉が続かないタミオの太ももに、フェーニャは優しく手を置いた。

「わたしは、誰かのために生きようとしてくれるタミオが大好き。これからは、わたしがタミオのために生きていきたい」

タミオはフェーニャと手を重ねた。

「迷ったとき、俺は心の底からやりたいものを選ぶことにしている。親父には会ってみたいし、冷凍餃子がアメリカでどこまで通用するのか、気になるけど、俺のやりたいことははっきりしているんだ」

家の近くで、鳥の声が聞こえた。

「俺の餃子には、フェーニャが必要だ」

その言葉を聞いて、フェーニャはタミオの手を強く握り、笑顔を見せた。

「わたしは、ずっとあなたのそばにいる」

築地は深い夜に沈んでいった。

サービスエリアのパートの仕事が休みの日、大森駅の西口に降り立ったリンは、鼻を利かせた。

「へえ、そば屋にうなぎ屋、向こうには飲み屋もあるんだな」

あちこち店を見て回るリンを制止したのは、ミカだった。

「騒がないでください。どこの田舎からやってきたのかと笑われますよ」

リンは坂を上りながら、店を一軒ずつ覗いていこうとする。

「いいじゃねえか、実際にド田舎からやってきたわけだしな。都会も、たまに遊びに来ると刺激になっていいや」

ピンストライプのスーツを着た背の高い男が、手を振って近づいてきた。

「おーい！　リン、ミカ！」

やってきたブンシの肩を、リンは親しげに殴った。

「よお、すっかりアメリカにかぶれやがって。嫁さんはどうした？」

「家で子供の世話をしているよ。君も具合がよくなったみたいで何よりだ」

ミカはブンシと握手を交わした。

「なかなか予定が合わなくてごめんなさい。ずっと機会をうかがっていたのですが」

「聞いたよ。尼僧のような生活をしているらしいじゃないか」

「誰からそんなことを聞いたんですか？」

ブンシがリンを指さすと、ミカの視線は鋭くなった。

「リンを連れて田舎に引っ込んだら、世話する子が増えただけです」

ブンシは楽しそうに歯を見せた。

「今度、私もお邪魔したいな。子供が喜びそうだ」

「嫁さんとちびっ子は歓迎だが、お前は入れないぞ。男子禁制だからな」

一同が笑う中、坂の下からダッシュが息を切らしてやってきた。

「おせえぞ、お前が来いって言ったくせに」

リンに呆れられたダッシュは、額の汗をハンカチで拭いていた。

「大森の道は狭すぎる。バスやトラックが多くて停車すらできん。遠くの駐車場に停める羽目になった」

「で、店はどこなんだ？」

リンに問われ、ダッシュは西口の坂道を上った先の地獄谷へ案内した。小路に、『来香園』と書かれた看板の出ている餃子屋が軒を構えている。店頭に準備中の札がかけられていたが、ダッシュはガラスの扉を開けた。

「いらっしゃい」

客たちを迎え入れてくれたのは、白い調理服をまとったタミオだった。厨房に立って、鉄鍋を熱している。

「おお、若！」

タミオを見たリンやミカは親しげに挨拶をし、ブンシはアメリカで買った自由の女神像の手土産を渡した。タミオは礼を言って、像を古い時計の上に置いた。

「こんにちは。こちらへどうぞ」

フェーニャは一行をカウンターの奥の席に座らせて、瓶ビールを運んできた。挨拶もそこそこに、フェーニャは厨房に引っ込み、タミオの手伝いを始める。リンたちはメニューを観察したり、店からの景色を眺めたり、餃子屋としての癖が抜けていなかった。

店主のウンジャとジンペーがいないのを疑問に思いつつ、ダッシュはタミオに問いかけた。

「僕たちを集めるなんて、どういう了見だ。今、死ぬほど忙しいのは君もよくわかっているはずだ。さっさと用件だけ伝えてくれないか」

「まあ、これを食ってからでもいいだろ」

タミオは寝かせておいた生の餃子を鉄板に並べながら、淡々と返事をした。きれいに整列された餃子の上に熱湯をかけ、湯気が上がると蓋をした。

リンは調理場を覗き込もうとする。

「そうだぜ、ダッシュ。あたしも東京の餃子はしばらく食べてないんだ。ゆっくり食わせてくれよな」

ブンシは油染みの染み付いたメニューの短冊を見た。

「私も日本の餃子を食べるのは久々だ。私に料理の才能はなかったから、ちゃんとしたものが食べられると思うとわくわくするよ」

ミカは照れくさそうにするブンシを見て笑った。

「私たち、切ったり混ぜたりすることはしても、味付けは三条さんに任せてばかりで、誰も餃子を作れませんでしたよね」

「あたしらはまだましさ。ダッシュとブンシにタネ作りを任せたときなんか、二人とも手を血だらけにして社長に怒鳴られてたもんな」

反論する気も起こらず、ダッシュはカウンター越しにタミオの背中を見た。蓋を開け、整列された餃子をへらで器用に皿にのせ、タミオは客たちに提供した。

「へい、お待ち。やけどしないようにな」

きつね色に焼き目の付いた餃子が、皿の上でもくもくと湯気を立てている。香ばしいにおいに、つやつやと輝く皮。その美しい見た目に、リンたちは歓声を上げた。

醤油と酢の割合は、二対八。塩分を取り過ぎる罪悪感を覚えながらも、ミカはひだの部分でタレをたっぷりすくいながら食べるのが好きだった。タミオの餃子は、皮が厚すぎず、焼き目はパリッとしていて香ばしい。湯気が出てくるほどの熱さで、口をもごもごさせてしまう。野菜が多く、肉の風味があとから追いかけてくる上品な味わいかと思いきや、ニンニクが食欲をかき立てて、二つ目を食べたくなる。『タミオの冷凍餃子』とはまるで異なる味だった。

田舎に引っ込んでからも、自分で作ってみたり、宇都宮まで餃子を食べに行ったりもしていたが、絶え間なく餃子と向き合い続けてきたタミオが作る餃子とは歴然とした差があった。

「おいしい」

ミカの口から自然と言葉が出ると、ビール片手にリンは何度もうなずいた。

「こりゃうまいよ、若！　ビールにもよく合う」

リンがひょいひょい食べ進める横で、ブンシは餃子の断面から具を分析していた。

「そこまで細かく刻んでいないのに、一体感があってジューシーだ。うまみがあふれ出てくる感じがあるが、ラードとも違う。何より香ばしさがいいな。酢とラー油で食べてみるとどうかな」

わいわいと楽しむ姿を、タミオとフェーニャは静かに眺めていたが、ダッシュだけは会話に入らなかった。

二つ目の餃子に手をつける前に、ダッシュは問いかけた。

「いい加減、本題に入ったらどうだ」

鉄板の周りの油を拭き取って、洗い物をしていたタミオは、手を止めて客たちを見た。グンゾーのレシピを盗み出した六浦社長が興したミロク亭で育った彼らを、今は客として招き、餃子を提供している。この数奇な縁こそ餃子の魔力だった。

深く息を吸って、タミオは言った。

「俺は社長職を退いて、この店を継ぐ。『タミオの冷凍餃子』は、ダッシュたちに任せたいと、考えている」

タミオの宣言を耳にして、誰もが手を止めた。店の背後を京浜東北線が通り過ぎていき、食器や酒の入った棚がかすかに音を立てて揺れる。

「どういうことだ、若？」

リンが口火を切ったことで、ミカやブンシも身を乗り出して質問する。

「会社を辞めるんですか？」

「ダッシュたち、ってことは私たちも関係しているのか？」

ダッシュは座ったまま、タミオを見つめていた。質問攻めをする一同に、タミオは話を続ける。

「リンさんやミカさんが本社の社員になり、それにブンシさんが会社に来てくれれば、百人力だ。俺が言うのもなんだけど、あんたたちはまだ若い。『タミオの冷凍餃子』には、伸びしろがある。あんたたちが、ミロク亭ではできなかったいろんな挑戦を、うちなら試すことができる」

ダッシュは、咳払いをした。

「よくわかっているじゃないか。『タミオの冷凍餃子』は、飛躍の時を迎えようとしている。餃子を武器にアメリカに乗り込むなど、日本のどの餃子屋も試したことのない大博打だ。社がまとまっているのは、君が第一線でここまで引っ張ってきたからだ。それがわかっているのなら、この時期に社長の座を降りるなど、口が裂けても言えないことだ」

ダッシュの口調は冷静だったが、箸を強く握りしめ、呼吸を整えた。ビールを飲み、喉を湿らせた。

「不安になるのも無理はないが、その手の弱音は、この場限りにしておくことだ。トップが弱気な姿を見せた途端、組織はたやすく崩壊していく。君は、自分の立場をもっと理解しろ」

タミオは静かに首を横に振る。

「挑戦が怖いんじゃない」

「ならば、何を躊躇している？」

「ウンジャが倒れた」

来香園がやけに広く見えたのは、ダッシュの気のせいではなかった。

「容態は？」

タミオはグラスに入れておいた水を飲んだ。

「少し前に、フェーニャが祭子おばさんに会いに行ったとき、近所の人から、ウンジャは大丈夫かと聞かれたことで、俺たちはウンジャが病を抱えていることを知った。ウンジャもジンペーも、病気のことは死にかけの猫くらい隠そうとしている。フェーニャと協力して、入院先をつかんだのも、ついこの間なんだ」

「杞憂かもしれないぞ。心配なのは僕も同じだが、今の君にはやるべきことがある」

「ウンジャやジンペーは、一度決めた約束は徹底して果たそうとする。ここまでして俺たちに病状を明かそうとしないということは、それなりの状況だ」

ダッシュはビールを注ぎ直した。

「こんなことを本人に言ってみろ。ドヤされるのが想像できない君でもないだろう。ウンジャは、意志の強い人だ。自分が原因で、君が店を継ぐと知ったら、強引にでも退院しかねない。ウンジャにとって、君の足かせになることほどつらいものもない」

タミオは苦笑いを浮かべて、頭をかいた。

「それは頭が痛えんだよな。殺されるかもしれん」

「だったら……」

タミオは木べらを手に取った。

「苦労して作ったものが、たくさん売れるのはうれしいし、ありがたいが、気付いたんだ。規模がでかくなるにつれて、多くの従業員を雇って、工場を増築して、大量の冷凍餃子を作って、とやっているうちに、俺自身がどんどん餃子から離れていることに」

それは、ここに集った一同が経験していた。かつては狭い調理場に食材を運んだり、近所に出前に行ったりと慌ただしくしていたが、時が経つにつれてその機会は減っていく。

慌ただしさを懐かしく思う気持ちは、ダッシュにもあった。

「それは創業者の宿命だ。現場とは違った目線を持たなければ、全体をコントロールすることはできない。君も、昨日今日社長になったわけではないのに、今になって経営者は嫌だとでも言い出すのか？」

「事業の可能性が広がるのは、素晴らしいことだ。『タミオの冷凍餃子』をここまで発展させた自負もある。ただな、俺は、人に餃子を食わせるのが好きなんだ。その反応を見て、何を求めていたり、何を感じていたりするかを想像するのが好きで、相手をもっと驚かせたいという気持ちを、抑えられない。それは、この狭い厨房で客を相手にしてなきゃ、味わえない楽しさなんだ」

「アメリカ行きは、君の好奇心を試す絶好の場じゃないか」

タミオは首を振った。

「今は、商品開発部の方が俺の想像力を上回っているよ。彼らは大学卒のエリートで、冷凍餃子に必要な野菜の配分や、効率のよい冷凍技術の開発、運送経路の策定に至るまで、俺が太刀打ちできる領域ではなくなっている。彼らが上げてくれた情報を理解するだけで精一杯なんだ。冷凍餃子は、科学の時代を迎えようとしている。俺は社長として、優秀な部下たちの生み出したものを、吟味すればいいだけなのかもしれないが、そんなのは悔しい。俺はまだ、身軽な挑戦者でいたい」

タミオはダッシュを見据えた。

「今、会社を動かしているのはあんただ、ダッシュ。ミロク亭沈没の借りを返すのは、『タミオの冷凍餃子』しかない。あんたは野心家だ。俺とは違う種類の、餃子欲にとりつかれている。俺にしかできないことはあるが、あんたにしかできないこともある。アメリカは、あんたのような指揮官がいなければ、勝てない戦場だ」

タミオの説得は難しいと考えたリンが、フェーニャに話を振った。

「フェーニャはそれでいいのかよ。検見軍蔵に会えるチャンス、広がるかもしれないんだぞ」

検見軍蔵の歴史をひもといてから、リンはフェーニャを気にかけていた。

「実は、パーパの居場所がわかったんです。今はイタリアで、餃子の修業をしているってイソさんが教えてくれて」

「イソだと？」

来香園の古い時計が、四時を告げていた。

「だったら、なおさら挑戦すべきじゃ……」

必死に説得しようとしてくれるリンに、フェーニャは笑顔で返した。

「パーパは、わたしと離れるときに言ったんです。餃子を追い続けろって。わたしの横には、今も餃子を求めて、挑戦しようとする人がいます。パーパを追うのではなく、餃子を作り続けることで生まれる出会いを、わたしは信じたいんです」

タミオとフェーニャは深々と頭を下げた。

「ダッシュ、頼む」

こんな時期になんて身勝手なことを。部下や取引先、融資した銀行やアメリカでの協力先になんと説明をすればいいのか。辞めたくなったから辞められるほど、簡単な身分ではない。

通り一遍のお説教なら、ダッシュの頭の中にいくらでも浮かんでくるが、これ以上、タミオを引き留めることは、熟慮の末に選んだ決断を、踏みにじることを意味していた。タミオがこのような選択をするのは、突然ではあっても意外ではない。

この沈黙は、タミオの心変わりを待っているのではない。ダッシュが、自分のさらなる可能性と向き合うために必要な時間だった。タミオは、場所を変えて、新しい戦いを挑もうとしている。自分も、誰かの補佐に回るのではなく、表に立って、組織を引っ張っていく時期が来たのだ。

ダッシュは食べ損ねていた餃子を口に運んだ。タミオの冷凍ではない餃子を食べたのは久々だった。憎たらしいことに、冷凍餃子では出せない味わい深さがある。この期に及んで、まだ進化をしている。自分には、自分にしかできないこともある。そう言ってくれたタミオの言葉が、ダッシュの心に刺さったとげを優しく抜いていった。

ダッシュは餃子を平らげて、ビールを飲み干した。

「退任に当たって、残された仕事は片付けてもらう」

「もちろんだ」

ダッシュはこわばったタミオを見て、笑みを浮かべた。

「これからは、僕が敵になるわけだ。資本力も経験も、こちらに分がある。君が言った通り、商品開発部のレベルも格段に上がった。残っていた方がよかったと泣きついても、僕の下で働いてもらうことになるぞ。ちなみに、僕の部下は何人も辞めている」

「あんたの部下になるくらいなら、餃子から足を洗った方が良さそうだ」

その返事を聞いて、一同に笑みが戻った。ダッシュは立ち上がって、フェーニャの手を取った。

「フェーニャ」

初めて出会ったときは、あどけない少女のようにも見えたフェーニャにも、いつしか頼もしさが生まれていた。

「君が、僕に餃子の素晴らしさを教えてくれた女神だったのかは、今となってはもうわからないが、君の導きがあったからこそ、僕はここまで来ることができた。僕にとって、君は間違いなく餃子の女神だ。最大の感謝を、君に」

フェーニャはダッシュの手を両手で覆った。

「こちらこそ、ダッシュにはわたしたちのすべてを支えてもらった」

ダッシュはいろんなフェーニャの姿を見てきたが、彼女が最も輝いて見えるのは、タミオの隣に立っているときだった。

「タミオを、よろしく頼む」

そう言って、ダッシュはやりとりを見守っていた幼なじみたちを見た。

「以上の通りだ。今日から、僕が『タミオの冷凍餃子』を引き継ぎ、事業を展開していく。君たちには週末までに健康診断を受けてもらう。今必要なのは、君たちの情報を更新することと、アイデアを練ることだ。ちょうどいい。今日はこれからアメリカ向けの冷凍餃子の試験がある。君たちも立ち会い、現場の雰囲気を思い出してほしい」

一人話し始めるダッシュに、リンがストップをかける。

「待て待て！　誰も入社するだなんて言ってないぞ！　あたしらにだって事情はあるんだ。そう簡単に……」

それを遮ったのはミカだった。

「会場はどこなんですか？」

ミカの返事を聞いて、ブンシも答えた。

「アメリカでは、アメリカというカルチャーを飲み込んだものにしないと、受け入れてくれない。日本の頭でっかちな餃子じゃ、跳ね返されちゃうだろうから、私も食べておかないとね」

「おまえらなあ！」

置き去りにされ、リンは泣きそうな声を上げた。リンを挑発するようにミカは言う。

「リンはいつからそんなに臆病になったのです？　これから、人生を楽しくするか否かは、もう一度勝負ができるかにかかっているのではないでしょうか」

ブンシは眼鏡を直しながら同意した。

「そうそう。今の自分が、世の中の第一線で使い物になるかどうか、もういっぺん試してみたって罰は当たらないはずさ」

「車を呼んでくる。話をまとめておいてくれ」

そう言って、ダッシュは店を出て行ってしまった。

「待ってください、私も行きます」

ミカはダッシュを追って店を出た。

「また食べに来るよ」

ブンシも別れを告げ、店にはリンが残された。リンの目に涙が浮かんでいるが、残ったビールを一気に飲み干した。

「若、覚えてろよ！　この借りは、必ず返してもらうからな！　待て、おまえら！」

勢いよくリンは店を飛び出していき、タミオとフェーニャだけが残された。手早く食器を片付けて掃除をし、ほっと息をついた。店のシャッターを下ろしながらタミオは言った。

「行こう」

大森から品川に出た二人は山手線に乗り換えて恵比寿に向かい、日比谷線に乗った。大森や築地で暮らしている二人に、広尾を歩く人々はみなしゃれて見える。大通りをしばらく歩いて行くと、大きな病院が現れた。受付で面会の手続きを済ませ、オキシドールのにおいが染みついているエレベーターで五階に向かった。一番奥の部屋には、佐野銀子《ぎんこ》と書かれた札が貼られている。扉をノックすると、男の声で返事があった。間違えようのない、ジンペーのものだった。

扉を開けて、タミオとフェーニャは病室に入った。

「検温の時間っすか？　今日はちょっと早い……」

看護婦が現れると思っていたジンペーは、予期せぬ来客に言葉を失った。タミオとフェーニャは、にやっと笑ってベッド脇の椅子に腰掛けた。

「坊ちゃん……」

虚を突かれたジンペーは、手で顔を覆った。

ウンジャは呼吸器を当てられて眠っていた。眠っているようにも、死んでいるようにも見える。頰がこけ、肌は黄色くなり、呼吸がゆっくりとしている。いつもタミオを怒鳴り散らしていた覇気は、失われていた。

家を出てから、時間が流れていた。フェーニャは頰に力を入れて、涙を押し戻そうとする。

ジンペーは唇を震わせて言った。

「いつかは、話そうと思っていたんす。ごめんなさい、坊ちゃん……」

謝ろうとするジンペーを遮るように、タミオは眠るウンジャに向かって優しく声をかけた。

「俺、社長を辞めてきたよ」

眠るウンジャに代わって、ジンペーが驚きの声を上げた。

「何言ってるんすか、坊ちゃん！　これからアメリカに乗り込むんすよね？」

「ここまで会社が大きくなったんだから、啖呵《たんか》を切って家を出たのも、間違ってなかっただろ？」

ウンジャから返事はない。タミオは続ける。

「餃子を作ってると、気持ちが集中できていいや。そのうち、坐禅の代わりに流行ったりしねえかな。社長なんて偉そうな立場になってから、餃子を作る機会が減っちまった。

俺はやっぱり、手を動かして餃子を作っていたい。ウンジャ、空いちまった店、俺に貸してくれよ。俺、もう一回イチから餃子を作ってみたい」

「坊ちゃん、それは本当なんすか？」

タミオは振り返ってジンペーを見た。

「ジンペー、すまない。せっかく親父に会わせてやれそうだったんだけどな」

ジンペーの髪にも白いものが増え、顔のシミが増えていた。ウンジャの看病や店の切り盛りに至るまで、そのすべてを担い続けた男の年輪が刻まれていた。ジンペーは目頭を押さえながら返事をした。

「謝らないでください、坊ちゃん。ですが……」

タミオは遮った。

「餃子は、いつだって平等だ。親父の求めていた究極の餃子がなんなのか、俺にはわからないけど、皮をこねて、具を混ぜ、黙々と包んで熱い鉄板で焼く。この変わらないようで、変わり続ける営みが、今でも俺を夢中にさせる。ウンジャ、ジンペー、フェーニャ、これからも俺に刺激を与えてくれ。餃子を一緒に作ってくれる家族こそ、俺にとって究極の餃子が与えてくれたものだ」

ジンペーは思った。グンゾーと出会ってから、これまでの日々は、今日を迎えるためにあったのだと。ジンペーにとって、究極の餃子はタミオそのものだった。グンゾーとミンが遺した餃子は、日本でこんがりと焼き上がっている。

グンゾーさん、早く来ないと、冷めちゃうっすよ。ジンペーは心の中でつぶやいた。

タミオは笑みを浮かべた。

「いずれ、俺は来香園を餃子の塾にしたいと思っている。俺たちの餃子を、子供たちに引き継いでいってもらうんだ。親父が日本に帰ってきたら、きっと驚くぜ。大森の子供たちは、そこらの中華屋よりうまい餃子を作れるようになってるんだからな」

「いいっすね、それ」

ジンペーもフェーニャも、タミオの野望に声を上げて笑った。賑やかさに気付いたのか、ウンジャは静かに目を開いた。タミオとジンペー、フェーニャが優しいまなざしで視線を送ってくる。

「ウンジャに渡すものがあるんだ」

タミオは、グンゾーの手帳を取り出して、ウンジャに渡した。古びた手帳が、再びウンジャの手に返ったのを見て、ジンペーは泣いた。

「今、親父はイタリアにいるらしいが、本当かどうかは分からない。俺が見つけられたのは、これが精一杯だ。すまない、ウンジャ」

ウンジャは手帳を開き、中を見た。ウンジャの目に浮かんだ涙を、フェーニャはそっと拭った。

手帳を枕元に置き、ウンジャは水差しが載った棚を指さした。小さな戸がついている。察したタミオが観音開きの戸を開けると、中にはカセットコンロとボンベ、それにフライパンが置かれていた。

「なんでこんなところに？」

きょとんとした顔でフェーニャが問いかけると、ジンペーは頭を抱えた。

「ウンジャが、ここで餃子を焼かせろってうるさいんすよ。病院食はまずすぎるから、自分で作ってやるって。この間なんて、夕食の残りで具をこねてるのを婦長に見つかって、とっちめられたんすから」

カーテン越しに、話を聞いていた入院患者のおばあさんが声をかけてきた。

「ウンちゃんの餃子、あたしも食べてみたいのよねえ。店のお客さんが、何人もここへお見舞いに来てくれるんだもの。よっぽどおいしいに決まっているわ。病院食の献立に入らないかしらね」

ジンペーはタミオに耳打ちした。

「ウンジャの味方も多いもんだから、この部屋はお医者さんから目をつけられてるんすよ。病院食の秩序を乱そうとする、反乱分子のセクトだって」

その話を聞いてフェーニャは笑った。タミオは膝をぽんと叩いて立ち上がっていた。

「それなら俺に任せろ！」

タミオはフェーニャの手を取った。

「ここに来るまでに、八百屋と肉屋があったな。フェニャ子は、ほかの病室から果物ナイフでもメスでもなんでもいいから盗んでこい。俺は食材を調達してくる。皮を伸ばせそうなものがあったら、手当たり次第持ってきてくれ」

フェーニャは、ふふふと小さく笑う。

「任せて」

「何する気っすか、坊ちゃん！」

「餃子づくりに決まってんだろうが。食事に飽き飽きしている時は、餃子が一番。眠っちまったエンジンに、どえらい火を熾《おこ》してやるよ」

「見つかったら強制退院させられちゃいますよ！」

「そうならないよう、見張りをするのがジンペーの仕事だろうが。ちっと行ってくるからよろしく頼むぞ、フェーニャ、ジンペー」

「坊ちゃん！」

ジンペーはタミオを追いかけようとしたが、もう遅かった。フェーニャも部屋を抜け出している。ウンジャは、そのやりとりを見ていて久しぶりに頬が緩んだ。

目を閉じて、ゆっくり呼吸をしていると、どこからともなく香ばしいにおいが漂ってくる。タミオが餃子を焼き始めたのか、近所の夕げのにおいが散歩しに来たのかは、わからない。眠りたいと思っているのに、このにおいを嗅ぐと腹がわめき始め、落ち着きがなくなる。懐かしくもあり、何か新しいものが待っているようなわくわくした気持ちにもなる、この香ばしいにおいを、ウンジャはいつまでも嗅いでいたかった。

久々に、眠りが心地よかった。温かく、柔らかい砂の上に眠るのに似た感覚。よそよそしい消毒液や薬品のにおいはなく、どこかの厨房に迷い込んだかのようだった。食器の重なる音が聞こえ、ウンジャは目を開けようとしたが、まぶたは鉛のように重く、開きそうにない。

「目を開けてはなりません」

聞き覚えのない声がした。お隣さんでも、看護婦でもない。初めて聞くはずなのに、懐かしく、身を委ねたくなる優しい響き。

「口をお開けなさい」

ウンジャは静かに口を開く。何を食べさせてもらえるのだろう。親鳥の給餌を待つ小鳥のように、ウンジャの口は希望を待っていた。

終章

大森駅に到着した京浜東北線がドアを開けた。乗客が、次々と階段を上っていく。前にいた老人が綱渡りをするようにゆっくりと降りるものだから、大学生の女性は危うく降り損ねるところだった。彼女の後ろにいたサラリーマンが舌打ちをして、走っていった。

上京して大学に通う彼女が、真っ先に都会の洗礼を浴びたのは電車だった。みな競走でもするかのように電車から飛び出して改札に向かい、のんびり歩く老人を邪魔者扱いしている。はじめは、そういう光景を目にするたびに、声をかけたり、手を貸したりしていたが、毎日のように殺伐とした電車でのやりとりを見ているうちに、彼女も無関心を装う技術が身についてしまった。

改札を出た彼女は、切符売り場近くの柱に寄りかかって、スマホをいじりながら人を待っていた。

待ち合わせ時間はとっくに過ぎていたが、彼氏が現れる気配はない。付き合い始めの熱はとっくに失せ、どちらからともなく別れるのは時間の問題だった。

さっきの老人が、彼氏より先に出てきたら別れてしまおうと彼女は決めた。先に二階の改札口に現れたのは、老人だったが、まだゴールではない。改札に切符を入れようとするが、ICカード専用なので、入れるところがない。無理矢理抜けようにも、ビニールレザーが張られたゲートが無慈悲に脱走を防ごうとする。見かねた駅員が切符を預かって、老人は外に出た。

九十度近く曲がった腰の老人は、手帳を開きながら、駅の案内板を見上げていた。夏が近く、みな薄着だったが、老人は汚れたカーキ色のコートを着ている。学生もサラリーマンも主婦も老人会の集まりも、誰もが見て見ぬふりを決め込んでいた。

つまらない彼氏と別れる決意をさせてくれたこの老人を、このまま無視すると、彼女の人としての何かまで失われるような気がして、声をかけていた。

「お困りですか？」

老人は何も言わず、手帳を見せてきた。住所が書かれている。この付近のようだったが、彼女も地理に詳しいわけではない。老人を連れて、周辺の地図が書かれたパネルを見て住所を確認してみても、大雑把でよくわからない。

「ちょっと貸して」

老人から手帳を受け取り、スマホの地図アプリに住所を入力した。幸いにも、目印は駅の近くを示していた。

「えっとね、西口を出て坂があるの。そこを少し上っていくとあるみたい」

うんともすんとも言わず、杖をついて小さく震えている。ため息を飲み込んで、彼女は腹に力を入れた。

ひしめき合っている。

「よおし。ついてきて。こっち」

老人は、彼女の腕を借りると、素直についてきた。大森駅の西口は狭い坂道に、店がひしめき合っている。

駅前にはコンビニに牛丼屋、消費者金融のATMに喜多方ラーメンの店が並び、向かいには別のコンビニにうなぎ屋、パチンコ屋やスポーツジムが入った大型テナントビルの騒音が聞こえてきたかと思えば、坂道を大型バスやタクシーの間を縫うように自転車や原付が走り抜けていく。スーパーの前には自転車が無造作に置かれていて、のんびりと歩く老人と一緒にいると、街の賑やかさを再発見することができた。

フライドチキン店の横に、谷へ向かう階段が続いている。住所はその先を示していた。お昼でも薄暗いどんよりとした場所で、いかにも夜が本番という場所だった。都会慣れしていない彼女からすると、裏路地は昼でも暗く見えた。

階段を下っていくと、狭い路地に出た。スナックや、飲み屋の看板が見える。大半の飲み屋は古びていて、やっているのかどうかわからない。居抜きで始めた新しい店が、周辺をどんどん浸食していた。

どこからともなく、いいにおいがしてきた。香ばしく、何かが焼ける香り。目的地にあったのは、『来香園』という古い中華屋だった。ショーケースに入れられた餃子の食品サンプルは色あせていて、窓の油染みのせいで店の中がよく見えない。オレンジ色のプラスチックで作られたメニューは、何度か値上げが行われたようで、書き換えられた跡がある。お世辞にもきれいな店とは言えなかったが、客はいるようだった。

「探してたのは、ここ？」

彼女が声をかけると、老人は迷いなく店に入った。

店はL字のカウンターに、二人がけのテーブルが二つだけあるこぢんまりとしたものだった。手前の席で、学生が熱心に白飯をかき込んでいる。客に気付いた店のおばあさんが、声をかけてきた。

「お二人ですか？」

彼女はあっけにとられた。まさか中華屋に、白人のおばあさんがいるとは思わなかったからだ。清潔そうなエプロンをして、食器を片付けている。目尻に深いしわが刻まれているが、品のよさと流暢な日本語で、彼女は思わず、はい、と答えてしまっていた。

老人と彼女は、カウンター一番奥の席に案内された。元々、今日は彼氏と昼食を共にする予定だったのに、どうして知らないおじいさんと中華屋に入っているのだろう。ただ、もうそんなことはどうでもよく、さっきからいいにおいがして、それどころではないのだ。

カウンター越しに、店主が水を出してくれた。短い白髪頭のおじいさんで、冷蔵庫から餃子を取り出したり、鉄板に視線を移したりとせわしない。頑固そうな顔立ちに見えて、物腰は柔らかかった。店の古い時計が、一時を知らせていた。

老人はじっと厨房を見ていた。店主の動きが気になっているようだった。すっかり食べる気でいる彼女は、老人に声をかけた。

「何食べるの？　へえ、焼餃子に水餃子、ペリメニってなんだろ？」

老人は、突然大きな声を出した。

「焼餃子！」

あの老人のどこに、こんな大きな音を鳴らす装置が入っていたのだろう。そう思いたくなるくらい、はっきりとした注文だった。カウンターで白米をかき込んでいた学生も、老人を見つめた。

「あいよ」

店主は生の餃子を取り出して、焼く準備に取りかかっていた。焼餃子という選択肢は、悪くなかった。まずは定番を頼みつつ、他に何を食べるかを考えたって遅くはない。彼女は老人と同じものを頼んだ。

さっきからじっと見ていた白人の奥さんが、近づいて老人に声をかけた。

「パーパ？」

老人は、おばあさんを見ている。彼女はそれがどういう意味なのか気になりもしたが、それよりも、カウンター越しに見える餃子専用の鉄板から上がる湯気に、心を奪われていた。

・本書は二〇二〇年一〇月に刊行された『焼餃子』を改題し、加筆・修正を加えたものです。

・本書はフィクションであり、実在の場所、団体、個人等とは一切関係ありません。また、現在では差別的、不適切とされるような表現が含まれておりますが、物語で描かれている時代を反映させるために使用しております。

双葉文庫

は-42-02

皿《さら》の上《うえ》のジャンボリー（下）

2024年1月10日　第1刷発行

【著者】
蜂須賀敬明《はちすかたかあき》

【発行者】
箕浦克史
【発行所】
株式会社双葉社
〒162-8540 東京都新宿区東五軒町3番28号
［電話］03-5261-4818（営業部）　03-5261-4831（編集部）
www.futabasha.co.jp（双葉社の書籍・コミックが買えます）
【印刷所】
大日本印刷株式会社
【製本所】
大日本印刷株式会社
【カバー印刷】
株式会社久栄社
【DTP】
株式会社ビーワークス

【フォーマット・デザイン】
日下潤一

ISBN978-4-575-52721-6 C0193
Printed in Japan